新 潮 文 庫

小　公　子

フランシス・ホジソン・バーネット

川 端 康 成 訳

新 潮 社 版

11318

目次

小公子

第一章　思いがけないこと

　セドリックは、父のことについては、本当に何も知らなかった。誰ひとり、教えてくれるものが、なかったからである。でも、父がイギリス人だということだけは、母から聞いて、知っていた。

　父が亡《な》くなった時には、セドリックは、まだ小さかったので、よく覚えてはいなかった。ただ父が大きな人で、青い目をして長い口ひげをはやしていたことぐらいは、ぼんやりと覚えている。また、肩車に乗せて、部屋中を、ぐるぐると連れ回ってもらったときの、すばらしくおもしろかったことも、ぼんやり思い出せる。

　ところが、セドリックは、父が亡くなってから子ども心に、父の話は、あまり母にしないほうがいいということが、わかってきた。

　父が病気の時には、どうしたわけかセドリックは、よそへやられていて、帰って来ると、もう父が亡くなっていたのだ。何もかもが片付いていた。

やはりそのとき、重い病気だった母が、黒ずくめの服を着て、やっと体を支えているような様子で、窓ぎわの椅子《いす》にかけていた。きれいな顔には、いつものようなえくぼもなく、目がうるんで悲しそうであった。びっくりして、セドリックは聞いた。

「大好きなぼくのママ、パパのご病気は、もういいの。」

すると、だまって抱いてくれた母の両腕が震えているようであった。セドリックは、胸がいっぱいになって、巻き毛の顔をあげ、母の顔をのぞきこむようにして、もう一度、夢中で尋ねた。

「ママ、パパは、もう治ったの。」

セドリックは、母の首を抱いて、何度も何度もキスをして、自分の柔らかい頬を、母の頬に押しあてた。すると母は、もう決して離しませんよ、というように、セドリックをしっかりと抱きしめた。そして、セドリックのかわいい肩に顔を押しあてて、たまらないように声をあげて、泣きながら言った。

「ええ、そうなのよ。もう、すっかりよくおなりになったの。でもセデー、おうちには、もうお前とママとの二人きりになってしまったのよ。二人のほかには、もう誰もいなくなったの。」

セドリックは、まだ小さかったのだが、幼な心に、あの立派で美しくて、若かった父が、もう、帰って来ないのだということが、初めてわかった。よく、よその人が死んだということを聞いていたが、それと同じように、父も死んだのだとわかった。けれども、どうしてこんな悲しいことになってしまったのか、不思議でならなかった。でもうっかり、自分が父のことを言い出すと、決まって母が泣くので、セドリックは、父のことはあまり口に出さないほうがよいのだと思った。といって、母が、ストーブの前や、窓のそばに、じっとだまって座っているのを、そのままにしておいてはいけないことにも気が付いた。

セドリックと母との知り合いは、あまり多くなかったので、それ以来、家の中はさびしそうに見えた。けれども、セドリックは、少し大きくなって、どうして誰も訪ねてこないかということがわかるまでは、そんなにさびしいとは思っていなかった。

セドリックの母は、みなしごで、父と結婚するまでは、この広い世界で、たったひとりぼっちだった。大変美しくて、ある金持ちのおばあさんのところで、手伝いに雇われていたが、このおばあさんは、やさしい人柄ではなかった。

ある日のこと、若い一人の軍人が、そのおばあさんの家を訪ねた。ちょうどそのとき、まつ毛にいっぱい涙をためた一人の少女が、階段を駆け上がって行った。それは、その少女が、おばあさんに意地悪をされたからだった。

若い大尉《たいい》は、それを見てから、そのかわいらしくて清らかな、美しい少女の姿が忘れられなくなった。その後、いろいろと不思議なめぐりあわせがあって、お互いの心もわかり、二人は結婚した。

この若い大尉が、エロルといって、セドリックの父で、そのときの少女が母である。けれども、このためにセドリックの父は、多くの人から悪く思われるようになってしまった。中でも一番腹を立てたのは、父の父である、イギリスの大金持ちの貴族でドリンコートという老伯爵《ろうはくしゃく》であった。伯爵は、大変な癇癪《かんしゃく》持ちで、アメリカの国や、アメリカ人が大嫌いであった。伯爵にはエロルの上に、二人の息子があって、たくさんの財産や高い位は、みんな長男に引き継がせるつもりでいた。また、もし長男が死んだら、次男にやろうと思っていた。だからエロルは、このような立派な家に生まれたけれども、金持ちになる望みはぜんぜんなかった。

しかしエロルには、二人の兄たちが持っていない美しい性質が備わっていた。きれいな顔や、品のいい姿や、ひどく、愉快そうな笑い方、大胆でやさしく、誰でも会った者は、きっと好きになってしまう、不思議な力を、エロルは持っていた。

ところが、兄たちは、その反対であった。きれいでも、親切でもなく、また、賢くもなかった。イートンの学校にいるときも、大学へ入ってからも、勉強はしないし、金ばかり使って遊んで、一人とて、仲のいい友だちは、いなかったのだ。だから伯爵は、この長男と次男にはすっかり失望して、いつも恥ずかしい思いをしていた。そして、長男も次男も、貴族の家を継ぐのにふさわしくないと思っていた。それにつけても、ぜんぜん跡を継ぐあてもない三男のエロルが、性質がよく、いいことをぜんぶ備えているのが、伯爵にはかえって辛《つら》かった。もう、憎くなるくらいであった。強情で、気位の高い伯爵は、心の中では、エロルがかわいくてならないくせに、一時の腹立ちまぎれに、エロルをアメリカへと旅にやってしまった。というのは、そのような馬鹿《ばか》な兄たちと比べて、美しくて、立派なエロルを目の前にしていると、気がいらいらして、かえってたまらなかったからであった。

でも、半年と経《た》たないうちに、もう、さびしくなってしまった。伯爵は、エロルの顔が見たくなり、帰って来るようにと、手紙を出した。ところが、それと行き違いに、エロルからも手紙が来た。それには、アメリカで知り合った、一人の美しい少女と結婚したと書いてあった。

伯爵は、これには非常に腹を立てた。ただでさえ癇癪持ちの伯爵は、もうかんかんに怒って、ぶるぶると震えた。そばにいた給仕は、伯爵が中風の発作でも起こしたのではないかと思ったほどであった。伯爵は、一週間ぐらい、虎《とら》のように怒り続けた。

そして、そのあげく、一通の手紙をエロルに書いた。

〝これから後、二度と家へ帰って来てはならない。また、父や兄にも、手紙を出してはならない。お前が、どこでどんなことになったってわしは知らない。ドリンコート家とは、これから後、いっさい縁を切るのだ。助けてくれと言ってきたって、わしは、どんなことがあっても助けてやらないぞ〟

この手紙を受け取ったエロルは、大変悲しんだ。エロルには、故郷はなつかしいし、生まれた美しい家が恋しかった。

父は、癇癪持ちではあっても、エロルを大変好きだったのだ。その年取った父を、こんなに失望させ、エロルは心から大変すまないと思った。

けれども、いまはもう、親子の縁も切れたのである。エロルは、これから先、いったいどうして暮らしていったらいいのだろうか。エロルは働くことも知らないし、仕事の経験もなかった。

しかし、エロルには勇気と決断力があった。大尉という位の軍人をやめて、もらった退職金を生活の金にすると、いろいろと苦労をした末に、ニューヨークでやっと働き口を見つけて、家庭を持った。

貴族の若様であった昔と比べると、大変な違いであったが、若くて元気だったエロルには、それだけで幸せであった。この苦しみも、やがて、後に自分の役に立つに違いないと思った。

家は、あるさびしい町通りの小さなものであったが、そこで、セドリックは生まれた。暮らしは質素ずくめだったが、すべてが、めずらしくて楽しかった。だからエロルは、おばあさんの世話をしていたような、身分の低い少女を妻にしても、決して後悔をしなかった。セドリックの母は美しかったし、母も父を心から愛していた。

セドリックは、父や母によく似て、こんな貧しい家に生まれながら、この子ほど、幸せな子は、世の中にないのではないかとさえ思われた。第一に、丈夫で手がかからないし、第二に、気立てがおとなしいので、誰にもかわいがられた。第三に、顔形が美しくて、まるで、絵に書いたようであった。

また、セドリックは、赤ん坊のうちから、柔らかい細い金色の髪の毛をふさふさとさせていた。半年も経つと、くるくるとかわいらしく縮れた巻き毛になった。目は大きく茶色っぽく、まつ毛は長く、大変愛嬌《あいきょう》がある。体がしっかりして、足が丈夫だった。八か月も経つと、もう歩き出した。その上、セドリックは、人なつっこいたちだった。乳母車に乗って、町を行く時でも、誰かにあやされると、茶色の目でじっと眺めて、かわいらしく笑いかけ、すぐになじみになってしまうのだった。

そんなありさまだから、静かなこの町で、セドリックを見て、あやすのを楽しみにしない者はなかった。気むずかしやと言われている、町角の食料品店の主人でさえ、自分の子どものようにセドリックをかわいがっていた。

こうしてセドリックは、だんだん月日が経つにつれて、ますます美しくかわいらしくなっていった。金色の巻き毛に、大きな白い帽子をあみだにかぶって、小さなおもちゃ車を引っぱって、女中と散歩に出かける年頃になると、誰もが、立ち止まって眺めた。

ある日、女中が帰って来て、セドリックの母にうれしそうにこう知らせた。

「奥様。きょうね、馬車に乗った立派な奥様が、わざわざ、馬車を止めさせてね、ぼっちゃまに、お話しかけなさったのですよ。そうしたらね、ぼっちゃまが、まるで、ずっと前からのお友だちかなんかのように、お話なさるでしょう。その方は、大変うれしがっておいでになりましたわ。」

こんなことは、一度や二度ではなかった。

セドリックは、このように誰でも自分の友だちにしてしまう、不思議な魅力を持っていた。というのも、セドリックが人を疑うということを知らなかったからであった。また、誰にもやさしくて、自分も愉快になり、人も愉快にしたいと思う心が、あったからであろう。

それだけに、人の気持ちを知るのも大変早かった。父と母が、互いに愛し合って、かばい合っているのを見ているから、自然とそうなったのに違いなかった。一度だって、家の中で、父や母が無作法なことばを使っているのを、セドリックは聞いたことがなかったのだ。かわいがられ、大事にされ続けていたので、セドリックの心の中は、いつも、あたたかい思いで、いっぱいだった。

父が、母を呼ぶのに、やさしいことばを使うから、セドリックもその真似《まね》をする。また、父が、母を大事にするのを見ては、自分も母にやさしくするのだった。

そこで、父がいよいよもう帰らないとわかってそれを母が大変悲しんでいるのを見ると、セドリックは、今度は自分が父に代わって、母をなぐさめなければならないのだと思った。まだ小さな子どもであったが、母の膝《ひざ》の上にあがって、キスをしたり、縮れ毛の頭を、そっと母の首筋にすり寄せたり、おもちゃや絵本を持って来て見せもした。また、ソファの上に横になっている母のそばで、寝そべっている時にも、いつも同じように母を喜ばせようとした。

まだ本当の子どもなので、セドリックはほかにどうしていいのかわからなかった。

それでも母は、そうしてくれるのを、セドリックが思っているよりも、ずっとなぐさめられていた。

あるとき、母が女中のメアリーにこう言った。

「あのね、メアリーや。セデーったらね、子どもなりに、わたしをなぐさめようとしているんですよ。ときどき、かわいい顔つきをして、心配そうにわたしを見るかと思うと、そばへ寄って来て、やさしくしてくれたり、何かを見せたりするんです。本当に小さな大人のようだから。今度、気を付けて見ていてごらんなさい。」

それからまた、一つずつ年がふえるにつれて、セドリックは、ますますかわいくなっていって、みんなを喜ばせた。もう母は、セドリックを相手にしているだけで、楽しくてほかに友だちなどはいらないようだった。散歩する時も、二人はいつも一緒だった。

セドリックは、まだ本当に小さい時から本を読むことを習いはじめ、少し読めるようになると、夜、ストーブの前の毛皮の敷物の上に横になって、大きな声をあげて、いろいろなものを読んだ。

その中には、子ども向きのおもしろい本や、また、大人の読むような本や新聞なども入っていた。そんなとき、セドリックは、大変おもしろいことを言うので、母がそのたびに、おかしそうに笑った。それを台所で聞いていた女中のメアリーが、あるとき、食料品店の主人のところへ行ってこう話した。

「本当に、ぼっちゃんったら、笑わないではいられませんのよ。あんなにかわいい様子をして、それはそれは、妙なことをおっしゃるんですからね。この間、大統領の選挙があった時などはね、台所へ来て、両手をポケットに突っ込んで、こうおっしゃるんですよ。『メアリーや。ぼくは、共和党なんだよ。ママも同じだけれど、お前はどうなのかい。』ですって。わたし、おかしかったけれど、吹き出しそうなのをこらえて、『いいえ、ぼっちゃん、どういたしまして。お気の毒ですけれど、メアリーは、民主党なんですよ。』と言いますとね、どうでしょう。ぼっちゃんたら、本当につまらなそうな顔をなさってね『それは大変だ。きみ、そんなことをしたら国がほろびてしまうよ。民主党は絶対いけないんだから。』って、大変なんですよ。それから、どうしても、わたしを共和党にするってね、毎日毎日、わたしのところへ来て、議論をなさるのですからね。」

　メアリーは、セドリックが大好きで、大自慢であった。セドリックの生まれた頃からずっといて、エロル大尉が亡くなってからは、台所仕事も、家事も、おもりも、なんでも一人で引き受けていたのだった。セドリックの、上品でしっかりした体や、かわいいのが、なによりも自慢で、特に、額のあたりから波を打って、肩へ垂れて、ふさふさと光っている金色の巻き毛を自慢にしていた。朝早くから、夜は、よなべまでして、小さな服を作ってやったり、つくろいをしたりして、よく働いていた。

「本当に、ぼっちゃんったら、貴族の若様そっくりなんですからね。どこの大家のぼっちゃんだって、うちのぼっちゃんほど、器量よしで、立派な方って、いませんよ。奥様の古いお召し物を、仕立て直してさしあげたものですけれど、黒いビロードのズボンをはいたぼっちゃんのお姿ったら、誰ひとり振り返らない者がないほどですよ。」

いつも、誰にも、メアリーはそう話した。

けれども、セドリックは、自分が貴族の若様みたいだかどうか、そんなことはちっとも知らなかった。貴族がどんなものかも知らないのだ。

セドリックの、一番の友だちは、食料品店の主人で、ホップスさんといった。なかなかの気むずかしやだったが、セドリックは大変尊敬していた。ホップスさんは、セドリックだけには、いやな顔をしたこともないし、また、大変な大金持ちだったので、セドリックには、いっそう偉い人と思えたのだった。店には、いちじく、すもも、みかん、ビスケットなどが、山ほどきれいに並んでいて、馬や、荷馬車まである。

セドリックは、牛乳屋だってパン屋だってりんご売りのおばあさんだって、みんな好きだったが、ホップスさんほどに好きではなかった。毎日、会いに行って、毎日、向かい合って、その日その日の出来事について、いろいろと話し合っていた。このことからだけでも、セドリックが、どんなにホップスさんが好きだったかがわかるだろう。七月四日の独立祭の話なんかになると、もう話がはずんで、きりがないくらいだった。

ホップスさんは、イギリス人が大嫌いで、あるとき、セドリックに独立戦争の話をすっかりして聞かせて、敵の悪いところと、独立軍の兵士の話を、大変力を入れて話してくれた。その上独立宣言文の一節まで、読んで聞かせてくれる、大変な愛国者であった。

セドリックは、すっかり興奮して、目が輝き、頬が赤くなって、汗で髪の毛がぬれるほどだった。そこで、家へ帰ると、もう夕ご飯の席につくのも待ちかねて、さっき聞いたとおりのことを、母に話すのだった。

このように、セドリックが、政治に興味を持ち出したのは、みんな、ホップスさんのお仕込みであった。

ホップスさんは、新聞を読むのが大好きで、新聞に載ったワシントンで起こったことは、みんなくわしく、セドリックに話して聞かせてくれた。大統領が、自分のしなければならない義務を果たしているかどうかとか、そのほか、いろいろのことである。

一度、選挙のあったときには、二人で、すっかり夢中になってしまって、自分たち二人がいなければ、アメリカはあぶなくなるのではないかと思うほどの勢いで話し合った。

あるとき、ホップスさんは、選挙の大会の松明《たいまつ》の行列を見に連れて行ってくれた。そのとき行列の中の人で、ガス灯のそばで、ずんぐり、まるまると太った男の肩に乗って、帽子を振りながら、ばんざいを叫んでいた、きれいな男の子を見た人があるに違いない。それが、セドリックとホップスさんだったのだ。

ところがその選挙が済んだすぐあと、セドリックにとって、一生の大事件が起こった。そのときセドリックは、七つと八つの間であった。その日も、ホップスさんの店へ行って話していた。ホップスさんは、大変な勢いで、イギリスとビクトリア女王の話をして、アメリカにはない貴族の位について、かんかんに憤慨し、特に、伯爵や公爵とかいう人に対しては、まるで、つばでもひっかけたいぐらいの勢いで話していた。だから、そんな日に、この事件が起こったということは、あとで考えると、本当に不思議なことであった。

ちょうどその日は、朝から大変暑くて、セドリックは、友だちと兵隊ごっこをしていたが、汗びっしょりになったため、少し休もうと思ってホップスさんの店へ駆け込んだ。すると、ホップスさんは、ロンドン新聞を見ながら、ものすごく怒った顔をしているのだ。新聞には、イギリスの偉い人が、ずらりと並んでいる宮中の儀式の絵が出ていた。その絵をにらみながら、ホップスさんはこう言っていた。

「ふん。お前さんたち、いまのうちに、さんざん勝手なことをしているがいいよ。下の者たちを踏みつけるだけ踏みつけとくがいい。だが、いまに見ろ、その踏みつけた人たちに、天の上まで吹き飛ばされてしまうからな。」

額に青筋を立ててどなっている。

セドリックはあきれたが、いつものように高い椅子に腰をおろして、敬意を表わすように、帽子をちょっと突き上げ、両手をポケットへ突っ込んで尋ねた。

「ホップスさん。ホップスさんは、その公爵とか伯爵とかいう人を、知ってるの。」

すると、ホップスさんは、むっとして言った。

「え、そんなやつ、知っていてたまるものかね。もし、この店へ、入って来てみるがいいよ。わしゃ、ビスケットの空き箱にだって、座らせてやるものか。」

肩を怒らせて、あたりをにらみ回し、ポッポッと、湯気の立つ額をぬぐうのだ。セドリックは、はっきりしたわけはわからないが、こんなにまで、ホップスさんにやっつけられている公爵たちが、なんだか、少し気の毒になった。

「ホップスさん。その人たち、なんにも知らないで、公爵や伯爵になったんでしょう。」

すると、ホップスさんは、

「何を言ってるんだ。やつらは、それを名誉だと思っているんだよ。生まれつきからそういうことになっていて、本当に悪いやつらなんだ。」

そのときだった。女中のメアリーがやって来て店へ顔を出した。セドリックは、きっと、さとうでも買いに来たのに違いないと思ったが、そうでもないらしく、何かにひどく驚いたことでもあったらしく、顔色が変わっていた。

「ぼっちゃん、早くお帰りになって。お母さまが、お呼びでございますのよ。」

と、言った。セドリックは、高い椅子からすべりおりて言った。

「ママと一緒に、どっかへ行くの。ホップスさん、じゃ、また来るね。さようなら。」

メアリーと一緒に店を出た。ところが、メアリーが相変わらず、きもをつぶしたような様子をしていて、じっと、セドリックを見つめているのだ。そして、何も言わずに首ばかり振っている。セドリックは、不思議なので聞いた。

「メアリー、どうしたの。暑いのかい。」

すると、メアリーは、声を震わせて言った。

「そんなことではありませんよ、ぼっちゃん。どうしてこんなことになってきたのか、わたしは不思議でなりませんの。」

「じゃ、ママが、暑さにでもあたって、頭でも痛いの。」

しかし、やはりそんなことではなかった。

家へ帰ってみると、玄関の前に、二人乗りの小馬車が待っていて、誰かが、狭い客間で母と話している。メアリーは、大急ぎでセドリックを二階へ連れて行って、薄茶のフランネルのよそいきの服に着替えさせた。そして、巻き毛をすいてくれながら、ブツブツと口の中で、こんなことを言っているのだ。

「ふん、伯爵ですって。貴族ですって。——何が貴族なもんですかね。なんていうことよ。とんでもないこったわ。」

まるで、わけがわからない。けれどもセドリックは、母のところに行けば、母が話してくれるだろう。と、そう思って、メアリーにはわけを聞かなかった。まもなく、きちんと着替えができたので、階段をおりて客間へ入った。すると、そこには背の高い、鋭い顔つきの年取った立派な人が、肘掛《ひじか》け椅子にかけていて、そばに母が、青い顔をして立っていた。ところが母の目には、涙が光っているようだった。

「ああ、セデー。」

母は、たまらないように走り寄って、セドリックを両方の腕に抱えて、キスをした。何か大変驚いている様子である。そのとき、背の高い男の人は、椅子を立って、やせた自分の頬を手でなでながら、ゆっくりとこう言った。

「奥様。では、そのお子様が小公子フォントルロイ様でございますね。」

第二章　セドリックとその友だち

それから後の一週間というものは、セドリックには、まったく、驚くことばかりであった。何から何までが夢のようである。第一、母が言い聞かせてくれる話からして不思議であった。二度も三度も、繰り返して聞かないとわからなかった。ホップスさんが聞いたら、どんなに驚くだろうか。腰を抜かすかもしれないと思うことばかりであった。

まず、母の話は、伯爵《はくしゃく》ということから始まった。まだ一度もセドリックの見たことのないおじい様が、イギリスの伯爵という貴族で、その跡継ぎとなる伯父様が、馬から落ちて亡《な》くなった。そこで、二番めの伯父様が、跡を継ぐことになったが、この二番めの伯父様も、急に、イタリアのローマというところで、熱病にかかって、亡くなった。

次は、セドリックの父が継ぐことになったが、その父も亡くなったので、直接の血筋で、残っているのは、セドリックだけということになり、おじい様の伯爵を受け継いで、財産をもらい、相続人になる、ということだった。跡を継ぐまでは、小公子フォントルロイと呼ばれるのだというのである。

セドリックは、思わず顔色を変えて言った。

「でも、ママ。ぼく伯爵なんかになりたくありませんよ。だって、ぼくの友だちで、伯爵なんかになるもの、一人もないんだもの。ぼくだけが、どうして伯爵にならなければいけないの。」

しかし、母の話では、これだけは、もうどうにも仕方のないものらしかった。

その夕方、セドリックは、母と、窓から外のさびしい町を眺めながら、そのことを話し合っていた。セドリックは、いつものように、両手で片方の膝《ひざ》を抱き込み、低い椅《い》子《す》の上へ、座っていたが、すっかり考え込んでいたため、顔色は、ぽっと赤らんでいた。母は、おじい様が迎えをおよこしになったから、どうしてもイギリスへ行かなければいけないと思うと言うのだ。

悲しそうな目をして、母は、窓から外を眺めながら、言った。

「ね、セデーや。もしパパが生きていらっしゃったら、パパだって、きっとそうさせたいとお思いになっただろうと思いますよ。パパは、大変おうちを恋しがっていらしたしね。それに、あなたはまだ小さいのでわからないことだけれど、いろいろ考えねばならないこともあるのですよ。もしママが、あなたを引きとめて、おじい様のところへやらなかったら、ママは、大変わがままな悪者だと言われなければならないのよ。そのわけは、あなたが大人になったら、みんなわかりますけれどね。」

しかし、セドリックは、悲しそうに頭を振って言った。

「だって、ママ。ぼく、ホップスさんと別れるのいやだな。ぼくさびしいし、ホップスさんだってきっとさびしがるに違いありませんよ。それから、ほかの友だちと別れるのも、ぼく、本当にいやだな。」

ところが、そのあくる日になると、また、イギリスからセドリックを迎えに来た、あの背の高い、ドリンコート伯爵家の弁護士のハビシャムさんがやって来て、いろいろとセドリックに話をして聞かせた。

それによると、セドリックは、イギリスへ帰って大人になると、すばらしく大きなお城の主人になって、美しい花園や、広い鉱山や、広い土地や、その土地に住む人たちまで、思うままにできるというのだ。

しかし、セドリックには、そんなことは、ちっともうれしくはなかった、ホップスさんのことばかりが大変気にかかるのだ。そこで、朝の食事を済ますと、心配しながら、すぐ、ホップスさんの店へ出かけて行った。

　ホップスさんは、きょうも、一人で新聞を読んでいた。セドリックはいつになく、真面目《まじめ》な顔をして近づいて行った。

　セドリックは、自分の身に降ってわいたような突然の出来事を聞いたら、ホップスさんはどんなにきもをつぶすかわからないから、驚かさないで、静かに話をする方法はないだろうかしらと、考え考え、来たのだ。じっと立っていると、ホップスさんの方から、

「やあ、おはよう。」

と、声をかけた。セドリックは、ほっとして、

「おはよう、ホップスさん。」

と、言ったが、いつものように、高い椅子には乗らないで、そばのビスケットの空き箱の上に座って、膝を抱え、だまり込んでいた。

　ホップスさんは、不思議そうに、新聞の上から顔をあげて、

「どうしたんだね。」

　セドリックは、できるだけ、気持ちを落ち着けて、思い切って言った。

「あのねえ、ホップスさん。きのうの朝、ぼくたち、ここで何を話していたか覚えて

いますか。」

「ああ、イギリスのことを話していたっけな。」

「そう、そのときにね、うちのメアリーが来たでしょう。」

「そうだったね、ビクトリア女王や、貴族のことなんかを話していた時だったね。」

「それから、伯爵のことも言っていたでしょう。」

「覚えているよ。あいつらのことを、さんざん、やっつけていたんだったな。」

それを聞くと、セドリックは、急に、額にたれた巻き毛の付け根まで赤くなった。これまでに、こんなにきまりの悪いことは、なかったからである。が、ホップスさんだって、困るかもしれないと気遣いながら、セドリックは言った。

「ホップスさん。そのとき、ホップスさんは、ここらの空き箱の上にだって、伯爵なんかに、腰一つ掛けさしてやるものかって言ったね。」

「言ったとも。そんなことしてみろ。どんな目に遭わせてやるか。」

「だけど、ホップスさん。いま、その空き箱の上に腰掛けているのは、伯爵なんだよ。」

「なんだって――。」

ホップスさんは、椅子から、飛び上がりそうになって叫んだ。セドリックは、ますますきまり悪くなって、言った。

「けど、ぼくがその伯爵なんだもの。いいえ、これからなるんだけど、嘘《うそ》じゃないんですよ。」

さすがに、ホップスさんは慌《あわ》ててしまった。ふらふらと立ち上がると、大慌てで寒暖計を見に行った。そして、じっと、セドリックを振り返って言った。

「セデー、どうもお前さんは、この暑さにやられているらしいな。なにしろきょうは、ばか暑いからな。どこか、気分でも悪いのかい。」

そばへもどって来たホップスさんは、大きな手を、セドリックの頭の上に置いて言った。

セドリックは、すっかりきまりが悪くなって、困ってしまった。

「いいえ、ぼくなんともないんです。頭なんか、どうもしやしません。だって、いまの話、本当なんだもの。だから、ぼく悲しいんですよ。いやなんです。きのう、メアリーが、ぼくを連れに来たのも、そのためだったんです。ハビシャムさんっていう弁護士さんが、イギリスから、その話をしに来ていたんです。」

ホップスさんは、椅子にどっかと座り込んでしまい、ハンカチで額の汗をふいて、とんきょうな声で言った。

「いやいや、これは、君かわしか、どっちかが暑さにやられたようだよ。」

「いいえ、そんなことないんです。本当なんです、ホップスさん。だから、ぼくたち、もうあきらめなきゃならないんです。イギリスから、ハビシャムさんが、わざわざおじい様のお使いで来たんだもの。」

ホップスさんは、すっかりあっけにとられて、セドリックの真剣な、あどけない顔を見つめて言った。

「で、そのおじい様っていうのは、いったい、誰なんだ。」

セドリックは、ポケットに手を突っ込み、子どもらしい丸まっこい字で、くるくるとなにか書いてある一枚の紙切れを取り出して言った。

「ぼく、よく覚えていられないから、ここへ書き付けておいたんだけど。」

そして、ゆっくりと高い声で、

「ジョン・アーサー・モリヌックス・エロル・ドリンコート伯爵。これが、おじい様の名前なんだって。いつも、お城に住んでいて、ほかにも二つも三つも、お城があるんですってよ。死んだぼくのパパが、そのおじい様の一番下の子どもで、パパが生きていたら、パパが伯爵におなりになって、ぼくなんか、ならないですんだんだけど――。それどころか、パパに兄さんが二人あってね、その二人が亡くならなかったら、パパだって伯爵にならないで済んだんだって。でも、みんな亡くなったので、たった一人残っているぼくが、伯爵になる番になったんだって。それで、おじい様が、ぼくにイギリスへ帰って来るように、迎えをよこしたんだって。」

ホップスさんは、ますますのぼせあがって、額をふいたり、頭のはげをふいたりして、もう、息さえ苦しそうである。どうやら、不思議なことが本当に起こっていることが、少しずつわかってきたのである。といって、いま、目の前で心配そうに、空き箱の上にかけているセドリックを見直しても、きのうと少しも変わっていない。紺の服に、赤いネクタイをしめて、あどけなくてかわいい。やはり、心安い、小さな友だちに違いないので、ホップスさんは、どうしても、合点がいかなかった。

その上、セドリックの話し方が、無邪気であっさりしすぎていて、それほどたいしたことでもないように話しているように思えるので、いっそう、ホップスさんは、驚いてしまった。

「それで、お前さんは、なんという名前になるんだって。」

「ああ、小公子フォントルロイ・エロル・セドリックだということですよ。ハビシャムさんが、ぼくのことを、そう呼ぶもの。はじめぼくが、客間に入っていったらね、ハビシャムさんが、『ではこの方が、小公子フォントルロイ様ですね。』って、そう言ったんだもの。」

「へえ。あきれちまったな。なんてえことだい、いったいこりゃあ。」

ホップスさんは、いつも、驚いたり、興奮したりする時と同じようにそう言った。下品なことばだけれど、ホップスさんは、ほかにどう言っていいか見当がつかなかったのだ。

しかし、セドリックの尊敬し、好いているホップスさんのことばなのだから、セドリックは、別に、それほど気にならなかった。母のことばと、ホップスさんの使うことばとは、少しは違うことはわかっていたが、ホップスさんは、男だからそうなんだと思っていた。

しばらくセドリックも、もどかしそうにホップスさんを見つめていたが、不意にこう聞いた。

「ホップスさん、イギリスって、大変遠いんですね。」

「ああ、大西洋という広い海を渡った、向こうでな。」

「ぼくはそれがいやなんですよ。だって、ホップスさん、そうでしょう。ひょっとすると、これっきり、もう会えなくなるかもしれないんですものね。それがいやなんですよ。」

「だが、セドリック。いちばん仲良しの友だちだって、別れというものはあるもんだよ。」

「けど、ホップスさんとぼくとは、何年も仲がよかったんでしょう。」

「そうだったな。君が生まれてすぐだったからな。君が、初めて女中に抱かれて、この町を歩いていたのは、生まれてから、六週間目だったからな。」

セドリックは、辛《つら》そうに、大きなため息をついて言った。

「ああ、あのとき、ぼくは、自分が伯爵になるなんて、ちっとも思わなかったもの。」

「だが、おまえさん、もう伯爵をやめるというわけにはいかないのかね。」

「それは、だめらしいんですよ。それでね、ホップスさん。どうしても、ぼくが、伯爵にならねばならないのだったら、ぼく、こうするつもりなんですよ。うんといい伯爵になって人びとを助け、イギリスが、もう一度、アメリカと戦争でもしようとしたら、ぼくが一生懸命に止めますよ。」

セドリックは、それから、ホップスさんと長い間、真面目くさって、もっともらしい話をした。ホップスさんは、初めの驚きがおさまると思ったよりきっぱりとあきらめ、セドリックに、いろいろのことを尋ねた。

といって、セドリックだって、ほんのわずかしか答えられなかった。そこで、ホップスさんは、自分一人で、尋ねたり答えたりし、そこへまた、勝手に理屈をつけて、伯爵や、公爵や貴族の財産などについて、好きなように説明していった。

もし、これを、ハビシャムさんが聞いたとしたら、きっとびっくりしたに違いない。しかし、ハビシャムさんのびっくりしたことはそのほかにもたくさんあった。イギリスにばかり住んでいて、アメリカと、アメリカ人の暮らしを少しも知らなかったからである。

もっとも、四十年も、伯爵家のことをやっていて、どんなに伯爵の家が財産家であるか、また、どんなに偉いかも、みんな知っていたから、セドリックが、やがてそれらの財産や地位を継いで、ドリンコート伯爵になるのだと思うと、大変丁寧に扱った。

ハビシャムさんはまた、長男と次男の二人が、人に好かれなかったことも知っていたし、伯爵が三男のエロル大尉《たいい》がアメリカの女と結婚したのを、大変怒って、この夫に死に別れたセドリックの母を、心から嫌っていることも知っていた。伯爵は、いつも声を荒立てて、こう罵《ののし》っていたのだ。

「この女こそ、エロルが伯爵家の息子であるのを知って、うまくだまして結婚した悪い女に違いない。」

ハビシャムさんも、また、伯爵の言う半分ぐらいは、そんな女に違いないと思っていた。世の中には、ずいぶんと気ままな、お金めあての女もいるし、伯爵と同じように、何よりもアメリカ人をよく思っていなかったからである。

そんなわけだから、ハビシャムさんはこのみすぼらしい町筋に馬車を乗り入れて、安っぽい小さな家の前に止まった時には、さすがにぎょっとした。少なくとも、ゆくゆくはドリンコート城主と呼ばれる人が、町角に食料品店などのあるこんなみすぼらしい町に生まれて育ったのだ、ということだけでも恐ろしいことだった。

いったいその子は、どんな子どもで、母親は、どんな女だろうかと、二人に会いたくないような気もした。自分が長い間、法律上のいろいろのことを引き受けているような、尊《たっと》い家柄であることなどを、ちっとも考えないような女らしいのが、おもしろくなかった。

だから、女中のメアリーに連れられて、小さな客間に案内されると、まるで、品定めでもするように、細かにあたりを見回した。見れば、部屋はつつましやかだが、小ざっぱりとして、いかにも住みよさそうであった。まわりには、安っぽい置き物や、額がごたごたしていないし、壁にかかった二つ三つの飾りは、大変よい好みのものばかりであった。夫人が自分で作ったと思われるものも、中に少しあった。

ハビシャムさんは、この様子なら、たいして悪い女ではあるまいと思った。けれども、この上品な好みは、女のせいではなく、エロル大尉の好みがよかったからかもしれないと思った。ところが、そこへ入って来たエロル夫人を見て、ハビシャムさんはびっくりした。上品な部屋の様子に、すっかりつり合っているのだ。もしハビシャムさんが、落ち着きのない人間だったら、驚いて声を出したかもしれない。

飾りっけのない、黒い喪服は、まるで、娘のようにとてもよく似合っていて、七つになる子どもの母親とは、どうしても見えないのだ。きれいで、茶色の大きな目は、やさしみにあふれ、愛らしく輝いている。悲しそうな様子があるのは、夫に亡くなられて、悲しみが取れないからに違いない。

エロル夫人のこのような悲しそうな様子を、セドリックはいつも見なれていた。けれども、セドリックと一緒に遊んだり、話したり、また、新聞で読んだことや、ホップスさんから聞いてきたことなどをセドリックが、ませた大人びたことばで、得意になって話す時には、少しはママの悲しみは消えるようだった。

セドリックは、そんなことが、母の気に入るらしいのはうれしかった。けれども、自分が一生懸命で言っていることが、なぜ、人にはおかしいのかわからなかった。

ところで、ハビシャムさんは、さすがにいろいろな人たちの間の出来事をまとめる弁護士だけあって、人を見分けるのは得意だった。ハビシャムさんは、エロル夫人を、一目見ただけで、伯爵が、いやしい、金で動く女だと考えているのが、大間違いだと思った。

ハビシャムさんは、結婚しないで過ごしてきた人であったが、このぐらい立派な婦人なら、エロル大尉を、伯爵家の息子だから、という欲にかられて、結婚したのではないことがわかった。この夫人なら、それほどむずかしい話にはなるまいと考えた。また、フォントルロイ小公子も、ドリンコート家にとって、それほどやっかいものにならないだろうと思われてきた。

初めて、ハビシャムさんは、エロル夫人に向かって、自分が訪ねて来たわけを話した。すると夫人は、さすがにさっと真っ青になった。

「まあ、それでは、わたしは、あの子と別れなければならないのでございましょうか。わたしは、せいいっぱい、あの子を育てるのが、何よりも幸福で、その幸福だけを頼りに、生きておりましたのに――。」

きれいな声を震わせて、目に涙をいっぱいためて、夫人は言った。

ハビシャムさんは、困って、咳払《せきばら》いをして言った。

「ごもっともです。しかし、まことに申し上げにくいことですが、伯爵は、あなたのことを、よくお思いになっていないのです。なにしろ、年寄りのことですから、非常にがんこでして、アメリカの国と、アメリカ人が、大嫌いなのです。だから、あなたがたの結婚には大反対で――、そこへ、わたしがこのような使いでやって来なければならなかったなんて、実に、いやな役目ですよ。そんなわけで、伯爵は、絶対にあなたとは、お会いになりたくないと言っておられるのです。ただ、フォントルロイ様を、ご自分の元へお引き取りになって、ご自分で教育をしたいというお考えなのです。伯爵は、お気に入りのドリンコート城に、ずっとお住まいになっています。これは、ロンドンがお嫌いなためもありますが、痛風を病んでいらっしゃるためです。そこでフォントルロイ様も、そのドリンコート城にお住まいになることと思います。だからあなたには、お城からあまり遠くないところにあるコート・ロッジの家をさしあげて、月づきのお手当もくださることになっております。しかし、フォントルロイ様が、コート・ロッジの、あなたの家へお訪ねになるのは、ご自由なのですから、いつでも、お会いになることは、できるわけです。だが、あなたのほうからは、フォントルロイ様を、お訪ねにならないよう、また、お城のご門にも、お入りにはなれないことになっております。といって、これらのことは、それほどひどい条件ではないのでして、フォントルロイ様が、そんなふうにして、教育をお受けになることが、どんなによいことかということは、きっと、おわかりになると思います。」

ハビシャムさんは、そう言いながら、いまにも、夫人が泣き出しはしないかと思った。

けれども、夫人は我慢して、窓ぎわへ立っていって、じっと外を眺めて、心の騒ぎを取り静めている様子である。そして、やがて振り返って言った。

「亡くなった主人は、ドリンコートを、大変なつかしがっていました。イギリスのことなら、なんでも好きで、おうちのことを誇りに思い、故郷を離れているのが、いつも悲しいようでございました。ですから、セドリックが、その美しい、なつかしい土地になじんで、跡継ぎになってからの身分にふさわしいようなしつけをしていただけるのでしたら、主人も、きっと願っていたことと思います。」

そして、テーブルのところへ帰って来て、ハビシャムさんの顔を見上げて言った。

「子どもさえ、そうしていただけるのでしたら、ほかに考えはございません。それが、あの子のためにも、一番いいことだと思います。それに伯爵様だって、まさか、あの子に、わたしを愛してはならないとまではおっしゃらないでしょう。あの子は、本当に父によく似て、おとなしい真面目な子でございますから、たとえ長い年月、わたしと会えないようなことがあっても、いつでもわたしを愛していてくれるでしょう。まして、わたしのところへ訪ねて来てもよいとお許しくださるのですから、わたしとしては、これ以上、何も申し上げることはございません。」

　ハビシャムさんは、これを聞いて、すっかり感心してしまった。自分のことは、ぜんぜん考えていないし、自分のための条件は、何一つ出さないのだ。そこで、ハビシャムさんは、声をはずませて言った。

「奥様、それをうかがって、わたしも、安心いたしました。お子様へのお心づかいには、まったく、感心いたしました。フォントルロイ様も、ご成人なされて、何不自由なくお暮らしになれたとき、どんなに感謝なさるかしれないと思います。また、伯爵様も、フォントルロイ様のご幸福は、充分お考えになることと思いますからどうかご安心ください。伯爵様があなたに代わって、どこまでもご教育なさることは、わたしからも、お引き受けいたします。」

　やさしいエロル夫人は、それを聞くと、さすがに胸が詰まって、震え声で言った。

「どうか、おことばのように、伯爵様が、セデーを愛してくださるよう、わたしも、心から願っております。あの子は、とても、人なつっこいたちで、いつも、誰にもかわいがられてばかりいましたから。」

　しかし、ハビシャムさんは、これには、すぐには答えられないので、やっと、咳払

いをしてごまかした。それは、癇癪《かんしゃく》持ちの伯爵が、そんなにセドリックを愛するとは思えなかったからである

しかし、自分の跡を継ぐものを、手なずけておくのは、伯爵にも、利益があるから、親切にしたり、また、人には、自慢をするにちがいないと思って、ハビシャムさんは、こう言った。

「そうですとも。フォントルロイ様は、きっと、楽しくお暮らしになるに違いありません。それに、あなたが近くにお住まいになって、お会いできるよう、お許しになったのも、フォントルロイ様のご幸福を、ようくお考えになってのことでございます。」

伯爵が、お城で言っていたようならんぼうなことは、ハビシャムさんは、どうしても教えられなかった。で、せめてそう言うのが、夫人への思いやりと思って、そう言った。

エロル夫人は安心して、女中のメアリーに、セドリックを探して、連れて帰って来るようにと言い付けた。すると、メアリーは、

「はい、すぐに、探してまいりましょう。きっと、いつものとおり、ホップスさんのカウンターの前の高い腰掛けに座って、大好きな、政治の話をなさっていると思います。そうでなければ、せっけんや、ろうそくや、じゃがいものある中で遊んでいらっ

しゃいますよ。なにしろ、お利口でございますからね。」
といったので、ハビシャムさんは驚いた。貧民窟《ひんみんくつ》の子どもと同じである。

しかし、エロル夫人は、ハビシャムさんに、取りなすように言った。

「ホップスさんという人は、セデーを生まれたときからかわいがってくださる方で、セデーも大好きなんでございます。」

ハビシャムさんのまぶたには、さっき、ここへ来るとき、町角で目についた食料品店のありさまが、ありありと浮かんできた。じゃがいもや、りんごの箱や、いろいろの品物が取り散らかっていて、あんなところにセドリックがいるのかと思うと、また、疑いの心がわいてきた。イギリス人では、いい家の子は、絶対に、食料品店の主人などとは友だちになることはない。そこで、ハビシャムさんは、これでは、きっとセドリックも、行儀の悪い、いやらしい子どもにちがいないと思った。

伯爵が、いままでに一番困っていたのは長男と次男とが、いやしいものと、交際したがったことであったが、それを思い合わせ、ハビシャムさんは、今度の小公子のことも、心配になってきた。もしや、小公子が、エロル大尉のよいところを継がないで、長男や次男の伯父さんたちの悪いところを受け継いでいたなら、困ったことだと思った。

エロル夫人と話していても、ハビシャムさんは、もう、そのことが気になって仕方がない。

まもなくドアがあいて、その子が、入って来た。が、ハビシャムさんは、その子の顔を見るのが恐ろしいような気がした。しかし、両手を広げて、さっとエロル夫人の方へ走る姿を見た時には、急に、ハビシャムさんは目を輝かせた。いままでに見たこともないほど、立派できれいな少年なのだ。特に顔形が、並はずれて美しくて上品で、しゃんとした小さい体つき。しかも、元気で活発で――。

どれもこれも、父のエロル大尉にびっくりするほどよく似ていて、驚くばかりなのである。父の金髪と、母の茶色の目をゆずり受け、悲しそうなところも、臆病《おくびょう》なところもない。この世の中に、何一つ、疑いや、畏《おそ》れも、知らないようであった。ハビシャムさんは、さすがに目を見張るばかりである。

〝これ以上に、育ちのよい、上品できれいな子どもなんて二人とあるまい。〟

と、心の中では思った。しかし、口では、ただこう言ったのだ。

「では、この方が、小公子フォントルロイ様でございますね――。」

その後、小公子フォントルロイを見るたびに、ハビシャムさんは、驚くことばかりであった。

イギリスでも、たくさんの子どもを知っていた。

もちろん、あまり気を止めて見てはいなかったが、どの子も、きれいで品がよく、家庭教師にきびしくしつけられていた。

しかし、恥ずかしがり屋だったり、小憎らしかったりして、ちっともおもしろくなかった。だのに、小公子フォントルロイはどうだろう。堅苦しい、老人の弁護士でさえ、そのかわいさに引き付けられてしまうのだった。

ところで、セドリックは、じろじろ、ハビシャムさんに見られているのも気が付かない。母から紹介されると、まるで友だちにでもするように、手を出して握手をし、また、何を聞かれても、ホップスさんに返事をする時と同じように、はきはきと素直に、恥ずかしがりもしないで答えるのだった。そして、ハビシャムさんと夫人が話をしている時は、じっと聞いている。大人かと思われるくらいであった。

「たいへん、物わかりのいい、お子様でございますね。」

ハビシャムさんは、感心して言った。

「そうでございましょうか。物覚えは、ごくいいたちでございますし、いままでは、年上の者とばかり暮らしておりましたから、聞き覚えや、読み覚えで、難しいことばもときどき使いますが、子どもっぽい遊びが大好きでございまして、やはり、まだ本当に子どもでございます。」

夫人の言う通りであった。というのは、ハビシャムさんが、次にセドリックに会ったとき、なるほどと思うことが起こったのだ。

その日、ハビシャムさんが、馬車で町角を曲がると、一組の子どもが、ワアワア騒いでいて、二人が、いまにも競走を始めようとしているのだ。ところが、そのひとりが、未来の伯爵、フォントルロイ小公子で、小公子は、ほかの子どもに負けないどころか、いちばん大きな声を出して騒いでいるのだ。

赤い靴下をはいたかわいい足を、一歩前に出したとき、合図係が叫んだ。

「用意はいいかい。落ち着いて。一、二の、三、そら走れ。」

思わずハビシャムさんは、馬車の窓から乗り出して眺めた。

と、セドリックの赤い靴下をはいた足が、半ズボンのうしろに跳ねあがり、もう、ちゅうを飛ぶようにして駆けて行く。小さい手は、しっかり握られて、明るい金髪が、風を切って、うしろになびいている――。

ハビシャムさんの、いままでに見たこともないすばらしい競技だった。

子どもたちは、夢中になって足踏みをしながら、叫び立てている。

「セデー、負けるな。」

「フレー、ビリー。」

「セデー、フレー。ビリー、フレー。」

ハビシャムさんも、馬車の中で、自然に体に力が入って、思わず独り言を言った。

「ふん、やはり、フォントルロイ小公子様の勝ちだな。」

しかし、小公子の赤い足に少しは遅れていても、とび色のビリーの足が、一心に追っかけて行く。ハビシャムさんの心は、いらだち始めた。

「なんとかして、フォントルロイ小公子様に、勝たせたいものだな。」

思わず、そう口に出してしまい、きまりわるそうに、咳払いをしてごまかした。

そのときであった。ちょうど、飛び上がり、踊り回っていた子どもたちが、いっせいに、わっと声をあげた。未来のドリンコート伯爵セドリックが、最後の大奮発のひと飛びで、町角のガス灯の柱に飛び付いたのだ。ビリーが息を切らせてその後から飛びつく。

「セデー、エロル、やったぞ。ばんざい。」

わっと、子どもたちは叫んだ。

ハビシャムさんは、馬車の窓から首を引っこめて、にこにこしながら、満足そうにうしろに寄りかかってうなずいた。

「見事、見事。小公子フォントルロイ様、見事ですぞ。」

そして、馬車が、エロル夫人の家の前に着いたとき、勝負を終わった二人も、ワイワイと子どもたちに取り巻かれて、向こうからやって来た。小公子は、ビリーと並んで何か言っている。かわいい顔が、真っ赤にほてっていて、汗ばんだ額に、巻き毛がまつわっていた。両手はポケットに入れて、小公子は、こう言っているのだ。

「ねえ、きみ。ぼくが勝ったのは、ぼくの足が、ほんのちょっとばかし、きみの足より長かったからだよ。ねえ、きみ。ぼくは、きみより三日早く生まれたんだから、それだけ、ぼくは得をしているんだよ。」

負けた相手をなぐさめるつもりに違いない。相手はだんだんと白い歯を出し、笑い顔になって、しまいには、まるで、自分が勝ったみたいに、威張り出してしまった。

セドリックは、人の不機嫌をなだめる方法を知っているのであった。自分は、勝って、心がうきうきしていても、負けた者は、愉快ではないし、また、そのときの具合では、相手のほうが勝てたかもしれないのだ。そういう気持ちから、セドリックは、負けた者をなぐさめるのであった。相手の気持ちを、おしはかるやさしい心を、セドリックは、持っていたのである。

＊　＊　＊

その日、ハビシャムさんは、ずいぶん長い間、勝ったセドリックと、話し込んでいた。そして、話している間に、何度も、おかしそうに笑って、骨っぽい手で、あごをなでないではいられなかった。ちょうど、エロル夫人が用があって、部屋から出て行ったので、セドリックと、二人きりになって、話していたのだった。

初めのうちは、何を話していいものかと迷っていた。小公子が、おじい様の伯爵と、初めて会う時の心がまえや、身の上の変わることなどについて、話そうかとも思った。

しかし、セドリックは、まだ、イギリスへ行ってからのことは、何一つ知らない。イギリスの家がどんな家か、また、母と一緒に住めないことさえも、知ってはいないのだ。そこで、そんなことを言うと、どんなに驚くかしれないので、この話は、驚きがもう少しおさまってから、折を見て、だんだん聞かせるほうがいいと思ってやめた。

このとき、ハビシャムさんは、開いた窓のそばの安楽椅子に腰掛けていて、セドリックは、その向かい側の、もう一つのソファに座っていた。深ぶかとした椅子に、セドリックは、神妙に腰をおろして、金髪の頭を背中のクッションに寄せかけていた。

足を組んで、両手をポケットに突っ込んで、ホップスさんがよくやる恰好《かっこう》そっくりである。

　夫人が、席にいる間、まるで観察するように、ハビシャムさんをじっと見つめていたが、ハビシャムさんも、また、同じように、セドリックを観察していたから、夫人がいなくなっても、おたがいに、しばらく物を言わなかった。

　しかし、まもなく、セドリックのほうから話しかけた。

「おじ様、ぼく、ぼくがなるという伯爵って、どんなものか、ぼく、ちっとも知らないんです。」

　話の糸口がついたので、ハビシャムさんはほっとしたように答えた。

「それは、そうでしょうね。」

「ですから、おじ様、ぼくに、その伯爵をセチメイ（説明）してくださいませんか。（セドリックは、むずかしいことばを使うときは、まだ、そのように発音がうまくできなかった）いったい、誰に伯爵にされるんです。」

「それはね、始めは、王様とか、女王様がしてくださるんですよ。王様や女王様のために、尽くしたり、偉い仕事をした人などを伯爵にしてくださるんですよ。」

「それなら、アメリカの大統領と同じようなものですね。」

「そうですか。アメリカの大統領も、そういうふうに選ばれるのですか。」

「ええ、そうですよ。大変いい人で、いろんなことを知っていれば、大統領に選ばれるんです。そのとき、松明《たいまつ》で行列をしたり、楽隊が出たり、みんなが演説をするんですよ。――ぼくも、ぜひ、大統領になりたいと思っていたんだけど。――だって、ぼく、伯爵のこと、ちっとも知らなかったんだから。」

伯爵になりたいと思っていなかったとわかっては、ハビシャムさんに悪いと思ったからに違いない。

そう言ったので、ハビシャムさんは、おかしそうに言った。

「でも、大統領になるのとは、ちょっと違うんですよ。」

「そうですか。どんなふうに違うんですか。松明の行列なんか、しないのですか。」

それを聞くと、ハビシャムさんは、ほくほくしてきた。

いよいよこれで、小公子に、はっきりとわけを言って、聞かせられる時がきたと思った。

そこでハビシャムさんは、今度は自分が足を組み、右の手の指先を、左の手の指先に、一本ずつ組み合わせて、慎重に話し出した。

「フォントルロイ様。その伯爵と申しますのはなんと申しますか――大変、位の高い人のことでございまして――。」

「大統領だって、そうなんですよ。お祝いの日には、松明の行列が八キロメートルも続くんですもの。花火を上げたり、楽隊を鳴らしたり、ぼく、ホップスさんに見物に連れて行ってもらったから、よく知っていますよ。」

「でもね。伯爵といいますと、大変古くからの門閥なんです。」

「モンバチ、モンバチって、それ、なんのことですか。」

「家柄のことです。ずっと古くから続いているおうちのことを申すのでございます。」

すると、セドリックは、両手を深くポケットに突っ込みながら言った。

「ああ、そう。それじゃ、あの公園のそばのりんご売りのおばあさんと同じことですね。おばあさんも、古いモン、モンバチなんでしょうね。すっかり年を取って、立って歩いているのが不思議なくらいです。もう年は百ぐらいですね。けど、雨が降っても、決して休まないで、いつも店を出してるんです。ぼく、かわいそうでしょうがないんです。友だちだって、みんなそう言っています。いつだったか、ビリーが、一ドル(約四百円)ほど、お金を持っていたんで、そのとき、ぼく、ビリーになくなるまで、毎日、一つずつりんごを買っておやりと、言ったんです。だって、そうしたら、二十日の間は、おばあさん、りんごが売れるでしょう。けどね、ビリーのほうが、一週間目にりんごをあきてしまったんです。でも、いいあんばいに、そのとき、ぼくがよそのおじさんに五十セント（約二百円）もらったんで、それでビリーの代わりに、ぼくが、買ってあげました。誰だって、あんなに貧乏で、古い、モン――モンバチだったらかわいそうだと思うでしょう。おばあさんは、自分でもそう言ってますよ。自分は、もう骨まで弱ってしまっていて、雨が降ると、なおさら具合が悪いって――。」

　無邪気な、その真面目くさった顔を見て、ハビシャムさんは、なんと答えていいか、わからなかった。

「どうも、わたしの申しましたことが、よく、おわかりにならないようですね。古い門閥というのは、年を取ったということではないのです。その家の名が、ずっと世の人びとに知れ渡っているということなんです。何百年もの長い間、世の中の人びとに知られていて、その国の歴史にも載っている家柄のことなんです。」

「じゃあ、ジョージ・ワシントンのようなんですね。ワシントンなら、ぼく、生まれたときから、聞いて知っていますもの。それどころか、ぼくの生まれない前からみんな知ってるでしょう。ホップスさんが、言ってましたよ。ワシントンのことは、いつになったって、忘れられることはないんだって。独立宣言や、七月四日の祭りまであって、本当に偉い人ですよ。」

「その通りでございます。それが門閥なんです。それと同じように、ドリンコート伯《はく》爵《しゃく》家は、四百年昔の方が、伯爵の位をお受けになって、ずっと続いている家柄でございます。」

「へえ、ずいぶん昔のことなんですね。じゃ、そのお話、ママにもしてあげてください。きっとママ、おもしろがりますよ。ママは、めずらしいお話を聞くのが、大好きなんですもの。もう帰って来ますから、二人で、話して聞かせてあげましょう。それから、伯爵って、どんなことをするんです。」

「イギリスの国の、政治をする人も多いし、勇ましい人は、戦争にも出ています。」

「じゃ、ぼくも、そういうことがしてみたいな。ぼくのパパは、軍人だったし、とても勇ましい人だったんですよ。その上、伯爵というのは勇ましいというんだもの。うれしいな。ぼくね、前は、とても怖がりやだったんです。暗いところなど怖くってね――。でもね、独立戦争のときの軍人のことや、ジョージ・ワシントンのことを考えたら、なんともなくなったんです。」

ハビシャムさんは、ちょっと、妙な目付きをしたが、すぐに、じっとセドリックを眺めて言った。

「伯爵になると、もっとよいことがございます。と申しますのは、伯爵は、たいてい、大変なお金持ちなんです。」

幼いこの友だち（セドリックのこと）に、金の値打ちがわかっているかどうか、ハビシャムさんは知りたかったのだ。するとセドリックは、目を輝かせて言った。

「へえ、お金持ちですか。お金持ちはいいですね。ぼくも、お金がたくさん欲しいんです。」

「それはまた、どうしてでございますか。」

「だって、ぼく、お金さえあれば、いろんなことができるでしょう。あのりんご売りのおばあさんにだって、売り台を入れるテントと火鉢を買ってやれるでしょう。雨の日には、一ドルずつあげて、商売に出なくてもいいようにしてあげられるでしょう。それから、腰掛けもあげます。そうしたら、腰を掛けていて、そんなに骨が痛まないでしょう。ぼくがお金持ちになって、そんなことをしてやれたら、きっと、おばあさん、骨の痛みが、よくなるに違いありませんよ。」

ハビシャムさんは、面くらって、返事とも、咳払いともわからない声を出して言った。

「それなら、それ以上にお金があったら、何をなさいますか。」

「ええと、いっぱいありますよ。第一番に、ママにいろんなものを、買ってあげます。針刺しや、扇や、金の指抜きや、指輪や、百科辞典も、馬車も――。だって、馬車があれば、乗合馬車を待つことなんかいらないでしょう。桃色の服だって、ほしいのなら買ってあげます。けれどママは、黒がいちばん好きなんです。大きな店へ一緒に行って、ママの好きなもの、なんでもお取りなさいって言います。それから、ディックにもね。」

「ほう。ディックって、誰のことです。」

「靴みがきですよ。でも、とてもいい靴みがきでね。いつ行っても、下町の角にいますよ。何年も前から、ぼく、知ってるんです。まだ小さかったときに、ママと町へ出かけてね、よくはずむボールを、ママに買ってもらったんです。それをぼく、ポンとついたら、馬車や馬の通っている道のまん中へ、ころがって行ってしまったんです。ぼく、困って泣いてしまったんです。するとね、ディックがね、角で靴をみがいていたのに、『よしっ。』と言って、馬の歩いている中へ駆けて行って、取ってくれたんです。そして自分の服できれいにふいてくれてね、『ほら、ぼっちゃん、なんともないよ。』って、そう言って、ぼくに渡してくれたんです。それからは、ぼく下町へ行くたびに、ディックのところへ寄って、おしゃべりしてくるんです。ディックが『よう。』って言うから、ぼくも『よう。』って言ってね。商売はどうだい、なんて話すんだけど、この頃、不景気らしいんです。」

「フォントルロイ様、それでは、そのディックとやらには、何をしておやりになりたいんでございますか。」

「ジェークとの、始末を、この際、付けてやりたいんです。」

セドリックは、椅子《いす》の上へちゃんと座り直して、まるで、商売の話でもしているような調子で言った。

「そのジェークというのは、誰なんです。」

「ディックの靴みがき仲間なんです。ところが、こんな悪い仲間はないんです。少しも正直でないし、よく、人をだますんです。二人一緒にやっていて、ディックのほうは、きちんきちんとやっているのに、仲間のジェークは、インチキでしょう。どんなお客だって怒ります。それで、とても嫌われるんです。だから、ジェークにみがかせたお客は、もう二度と来なくなるんです。だからぼく、お金さえあったら、すぐにそのお金を、ディックにやって、ジェークから離し、ディックに、目立つ大きな看板を作ってやりたいんです。看板があると、とてもききめがあるんですって――。それから、新しい服とブラシを買ってやって、立派に開業させてやりたいんです。」

セドリックが、ディックの使う下町のことばをそのまま使って、一心に話す様子は、本当に無邪気でかわいかった。年上の相手が、熱心に聞いていてくれるものと思い込んで、ぜんぜん、疑ってもいないらしいのだ。

実際、ハビシャムさんにしてみても、身を入れて聞いていたのだ。けれども、ハビシャムさんにしてみれば、ディックやりんご売りのおばあさんのことより、小公子自身の、この子どもらしさに興味があった。小公子は、金色の巻き毛の頭で友だちのために親切にしてやってばかりいて、自分のことは忘れてしまっているのである。そこで、ハビシャムさんは言った。

「わかりました。では、そのほかに、フォントルロイ様ご自身のことについて、何かなさりたいことは――。」

すると、セドリックは、元気に、

「たくさんありますよ。でも、一番先に、メアリーの妹のブリジェットに、お金をやりたいんです。ブリジェットには、子どもが十二人もあって、ご主人には、仕事がないんですもの。いつもうちへ来て泣くんです。それでママが、バスケットへ、いろんなものを入れてやるんだけど、また泣いてね、『おくさまに、どうか、お恵みがありますように。』って、何度も礼を言って、帰って行くのです。それから、ホップスさんに、金時計と、くさりと、海泡石《かいほうせき》で作ったパイプも買ってやりたいな。それからぼくは、共和党の選挙の時のように、行列がしてみたいのです。」

「それは、どういうことなんですか。」

「ええ、ぼくの友だちに、同じ制服をこさえて、みんなで行列を作って、町中を歩いてみたいんです。」

そのとき、ドアが静かにあいて、エロル夫人が入って来た。

「よんどころないことで、大変長い間お待たせして、失礼いたしました。ひどく困っている女の人が、ぜひ会いたいと申してまいりましたものでございますから。」

すると、ハビシャムさんは、

「さようでございましたか。なに、いま、フォントルロイ様から、お友だちのことや、お金持ちにおなりになったときに、なさりたいことを、うかがっていたのでございました。」

「はあ、それでは、ブリジェットのことも申しましたでございましょう。いま、台所で話していたのが、そのブリジェットでございますの。主人が急性のリューマチとかで、それは大変困っているのでございますの。」

とたんに、セドリックは、大きなソファから、すべりおりて言った。

「じゃ、ぼくも会ってきますよ。どんなふうだか聞いてきます。ご主人は、丈夫な時には、ぼくに、木刀などをこしらえてくれたいい人ですもの。」

そして、すぐに、客間から飛び出して行った。

ハビシャムさんは、立ち上がって、すぐに夫人に何か言おうとした。が、ちょっとためらってからこう言った。

「実は、わたしは、ドリンコート城を出る前に、伯爵にお目にかかって、フォントルロイ様の取りはからい方について、いろいろと指図を受けてまいっているのでございます。そのとき、伯爵は、こうおっしゃいました。『自分は、孫がこれからイギリスへ来て、自分と一緒に暮らしてくれるのを、とても楽しみにしている。もう孫は、いままでとは違って、小公子フォントルロイなのだから、欲しいという物があったら、金であろうがなんであろうが、どんどんと渡してやってくれ。しかし、そのどれもが、みんなおじい様からの贈り物だ、ということを、決して言い忘れないようにな。』って、こう、命ぜられてきているのでございます。ですから、奥様、伯爵としては、こんなことを夢にもお考えにならなかったことと思いますが、もし、フォントルロイ様が、そのような気の毒なご婦人をお助けになりたいとお思いなのでございましたなら、お心のままにそのようにお取りはからいをさせていただかなければ、伯爵のご機嫌を損じ、お叱《しか》りを受けるのではないかと存じます。」

しかし、本当は、伯爵は、何もハビシャムさんに、そんなことを指図したのではなかった。本当は、こう言ったのである。

「そのぼうずにな、——おじいさんのわしが、なんでもしてやれるということを、教え込んでくるんだぞ。ドリンコート伯爵の孫というものは、どんなに偉いものだかということを、いやというほど、知らせてやるんだ。いやというほどな。わかったか。ポケットへうんと金を突っ込んできてやれ。そして、これもみんな、おじいさんがしてくれるんだと、言ってな。」

伯爵は、自分に都合のいい考え方ばかりをしていたのであった。

けれども、セドリックの母は、大変素直な人であった。ハビシャムさんのことばも、伯爵のことも疑わなかったし、三人の子を亡《な》くした老人の伯爵が、孫のセドリックに親切にしてくれるのは、孫から愛され信じられようとしているためだと思った。そして、セドリックが、ブリジェットを助けてあげられそうだと思うと、うれしくて仕方がない。わが子の不思議な運命の変わり方から、困っている人を救ってやることができるのだ、と、思うと、エロル夫人の顔がほんのりと、明るくなった。そして言った。

「なんて親切な、伯爵様でございましょう。セデーは、どんなに喜ぶかしれません。

あの子は、ブリジェットと、その夫のマイクルが、とても好きでして――。それに、世話のしがいのある人たちですから、わたしも、もっと前から、どうにかしてあげたいと思っていたのでございます。なにぶんえらい働き者でしたのに、長い間の病気で、薬どころか、季節季節の着物さえも、着られないのでございます。それに、栄養もたくさん摂《と》らねばなりませんし。」

そこで、ハビシャムさんは、手を胸のポケットに入れて、大きな財布を引っぱり出した。だが、その顔付きは、なんとも言えないような、ゆがんだ妙な顔つきだった。だって、イギリスへ帰って、ドリンコート伯爵から、孫が一番初めに、どんなことをして欲しがったかと聞かれた時に、こんなことを報告したら、あの癇癪持ちの伯爵が、いったい、どう思うかと、それが心配なのであった。しかし、ハビシャムさんは、わざと平気なふうをよそおって言った。

「わかりました。伯爵様は、大変なお金持ちでございます。フォントルロイ様のお望みで、そういたしましたと、申し上げましたら、きっとお喜びになるに違いありません。さあ、フォントルロイ様をお呼びください。十ポンド（約一万円）さしあげます。」

「まあ、十ポンド。十ポンドといえば、二十五ドルではありませんか。あの人たちには、ひと財産ですし、わたしまで、まるで、夢のようでございます。」

とたんに、ハビシャムさんは、急に、いかめしい顔になって、言った。

「そんなことはなんでもありませんよ。お子様はもう、いままでのお子様とは違って、大きな権力をお持ちになる小公子フォントルロイ様なんですからね。」

「でも、まだ、あんな小さな子どもですのに、そんな大金を、どうして正しく使うか、その使い方を、どんなふうに教えてよいものか、わたし、怖いようでございます。」

さすがに、ハビシャムさんも、この夫人のことばには心を動かされた。夫人の茶色の目には、やさしい子どもを思う心やりが、いっぱいあふれているのだ。ハビシャムさんは、軽く咳払いをして言った。

「なに、今朝ほど、フォントルロイ様と、お話をいたしましたありさまから見て、そのことは、大丈夫と思います。伯爵様におなりになって山ほどの大金をお持ちになっても、人のことを、放っておいてまで、自分のことばかり、なさる方とは思えません。ですから、まだ、お小さくていらっしゃいますが、ご安心なさっていて、よいと思います。」

エロル夫人は、そこで、セドリックを迎えに行った。まもなく、廊下をやって来ながら、夫人と話す声が聞こえてきた。

「ママ、マイクルさんたらね、かわいそうに、エンチョウセイ（炎症性）のリュウマチですって。大変悪い病気で、それに、家賃は払えないし、そんなことを心配しているので、いっそう悪くなるんですって。バット（ブリジェットの子ども）も洋服さえあれば、おつとめに出られるのにと言っていました。」

そう言いながら、入って来たセドリックの顔は、大変心配そうで沈んだ調子で、ハビシャムさんに言った。

「おじ様、ぼくに用事ってなんですか。いま、ブリジェットと話していたんです。」

ハビシャムさんは、やはり、いまさらのようにどういうふうに話を切り出していいものかとためらった。お母様が、心配したように、本当に、まだ、小さい子どもなのだ。しかし、決心して言った。

「実は、おじい様の、ドリンコート伯爵がね――。」

が、やはりあとは言えない。エロル夫人のほうを見て、どうか、あとはあなたから言ってくれるように、という様子をしたので、エロル夫人は、やさしく、セドリックを抱きよせて言った。

「セデー、おじい様の伯爵様がね、セデーのことを大変かわいくお思いになりになってね、よその人も一緒に、みんなが幸福になるようにって、ハビシャムさんに、たくさんのお金を、お預けくださったんです。ですから、セデーのしたいことは、なんでも、このお金でしていいんですよ。ブリジェットに、あげてもいいんです。そうしたら、マイクルさんは、家賃を払えるでしょうし、お薬だって、買えるでしょう。本当に、いいおじい様ですね。」

セドリックは、さすがにすっかり驚いてしまい、興奮して、顔をぽっと赤くして、ハビシャムさんのほうへ、向き直って言った。

「おじ様、どうもありがとう。本当ですか。ぼく、いますぐ、そのお金をブリジェットにあげていいんですか。ブリジェットは、いま帰るところなんです。」

ハビシャムさんは、静かにうなずいて、きちんとたばねた新しいたくさんのお札を、差し出した。セドリックは受け取って、部屋から飛び出し、台所へ駆けて行きながら叫んだ。

「ブリジェット、ちょっとお待ち。ほら、これ、おまえのお金だよ。ぼくのおじい様が、くださったんですって。これで、家賃だって、払えるでしょう。」

「まあ、ぼっちゃま。こんなにたくさん――。二十五ドル（約一万円）もございますよ。どうしましょう。奥様、奥様は、どこにおいででございますか。」

ブリジェットは、すっかりうろたえているらしい。その声を聞いて、夫人は、ハビシャムさんに言った。

「ハビシャム様、わたしが行って、わけを話してきます。」

と、部屋を出て行った。

一人ぼっちになったハビシャムさんは、静かに窓のそばに行って、外を眺めながら、いろいろと考えた。

いまごろ、ドリンコート伯爵は、城の中の、あの大きい立派な書斎の中で、痛風で悩みながら、きっと、癇癪を起こしているだろう。それもみんな自分のことばかり考え、誰をもお愛しにならないで、誰からも愛されていないからだ。あんなに高い位を持ちながら、あんなにさびしいのも、そのためである。招待状を出して、たくさんの人を集めて、ドリンコート城をにぎやかにすることはできる。けれども、招待された人たちは、みんな心の中では、伯爵の不機嫌や、癇癪持ちを、怖れたり、いやがったりしている。

また、伯爵は、とても薄情で、口が悪すぎる。相手をあざ笑ったり、いやがらせたりする。それに比べてこの小公子フォントルロイ様はどうだろう。自分の友だちだという身分の低いディックや、りんご売りのおばあさんの話を、一心にしていらっしゃる。なんという立派さだろう。ところが、いつかは、ドリンコート城も、たくさんのお金もみんな、この小さな小公子フォントルロイ様の手の内に入るのだ。

そして、小公子様は、よいことも、悪いことも、しようと思えばできる、大きな権力をお握りになれるのだ。

ハビシャムさんは、静かな町を眺めながら、それらのことを、次から次へと考えをめぐらして行ったのだった。

〝そうなったら、ドリンコート城もひどく変わってしまうだろうなあ。〟

本当に夢のようである。

そこへ、セドリックとエロル夫人が、戻って来た。セドリックは、ブリジェットが、気が違うほど喜んだのを見て、もう顔がほてってならないほどだ。ハビシャムさんと母との間の、自分の椅子に腰掛けて、膝の上に手を載せ、妙な恰好でハビシャムさんにこう言った。

「おじ様。ブリジェットは、うれしがって泣いていました。うれしくって泣く人って、ぼく、初めてだけど、ぼくのおじい様、そんなことまで、できるんですものね。本当にいい人ですね。ぼく、そんなにいい人って、いままで知らなかったんです。伯爵って本当にいいもんですね。その伯爵に、ぼくがなるなんて、すごいなあ。ぼく、すっかりうれしくなってしまった。」

第三章　生まれた国をあとに

次の週になると、セドリックは、伯爵《はくしゃく》になれば、本当に、いいことがいろいろたくさんあるということが、よくわかった。といっても、なんでもかんでもが、思うようになるということは、やはり、どうしても不思議でよくわからなかった。

しかし、ハビシャムさんと話しているうちに、いま、さしあたって自分のしたいと思っていることだけは、なんでもできることが、わかってきた。それだけで、セドリックは、うれしくて仕方がなかった。

早速、イギリスへ行くまでの一週間のうちに、セドリックは、いろいろと変わったことをしてのけることにした。

まず、ハビシャムさんと二人で、ディックのところへ出かけて行って、びっくりさせた。またりんご売りのおばあさんにも、屋台の前に立ってテントやストーブやショールや、たくさんのお金をあげると言って、驚かせた。

「ね、おばあさん。ぼく、今度イギリスへ行って、伯爵になるんだよ。だから、こんなことができるんだよ。雨が降るたびに、おばあさん、骨が痛いんでしょう。どんなふうに痛いんだかぼくにはよくわからないけれど、このお金で、早くよくなってね。」

そんなふうに言ったので、おばあさんは、あいた口がふさがらなかった。こんなことが、とても本当とは思えないのであった。

けれども、二人は、もうそこを歩き出していて、セドリックが、ハビシャムさんに、こう言っていた。

「あのりんご売りのおばあさんは、大変いい人なんです。いつかね、ぼくがころんで膝《ひざ》をすりむいたときに、ただでりんごをくれたんです。そのときから、ぼく、おばあさんのことを忘れないんです。誰だって、親切にしてもらったら、忘れないでしょう。」

まっ正直で、誰をも疑わないセドリックである。この世の中に、人の親切を忘れる者が、たくさんいることなんか、ぜんぜん考えもしないようであった。

ディックのところへ行った時もおもしろかった。ちょうどこのとき、ディックは、ジェークという仲間と、口争いをしたところで、ふさぎこんでいたのだった。そこへ、セドリックが大金を持って来て、助けてくれると言ったのだ。ディックは、物も言えないほどびっくりして、飛び上がった拍子に、帽子を落としてしまった。いままでなんでもなかった自分の友だちが、急に貴族になって、そのうちに、伯爵になるというのだから、驚くのも無理はない。けれどもすぐ、こんな馬鹿《ばか》なことがあるかと思うと、ディックは、はき出すように言った。

「ふん、セドリック。担《かつ》ごうたって、担がれないよ。」

　これには、小公子も、さすがにちょっとまごついたが、一生懸命に言った。

「それはね、初めは、誰でも嘘《うそ》だと思うんだよ。ホップスさんだって、そう言うと、ぼくが暑さにあてられているか、と思ったぐらいだよ。ぼくだって、初めは、そんなこといやだったけれど、いまは慣れてしまった。いまの伯爵は、ぼくのおじい様でね。なんでも、ぼくのしたいようにしていい、と言ってらっしゃるんだ。大変親切でね。ハビシャムさんに、たくさんお金を渡してくださったんだ。それでぼく、ディックが悪いジェークと片を付けるようにと思って、お金を持って来てやったんだよ。」

　本当にその通りなら、ディックは、一人立ちができて、自分だけの店を出し、新しいブラシや、看板や道具で、独立できるのである。しかし、ディックも、やはり、りんご売りのおばあさんと同じように、どうしても本当のようには思えなかった。まるで、夢でも見ているような顔付きで小公子を見つめていた。だからセドリックが、帰ろうして、握手の手を差し出しても、まだ、ぼんやりしていた。

セドリックも、ついに、声が震えて、茶色の目をうるませて言った。

「じゃ、さようなら、ディック。商売がうまくいくようにね。ぼくだって、きみと別れて行ってしまうなんて、本当にいやなんだ。けど、仕方がないんだ。伯爵になったら、またきっと帰って来るつもりだからね。手紙おくれよ。これが、イギリスへ行ってからのぼくの住所だ。それからぼくの名前は、もうセドリック・エロルじゃなく、小公子フォントルロイっていうんだからね。じゃ、さようなら。」

さすがに、ディックの目も、うるんで、まつ毛のあたりが、ぬれているようであった。学校へも行っていない靴みがきである。自分の思うことを言おうとしても、うまく言えないので、喉《のど》につかえたかたまりを、ぐっと飲み込んで、かすかすした声で言った。

「行っちまわないと、いいんだがなあ。」

そして、もう一度目をしばたたいて、ハビシャムさんを見て、帽子に、手を上げて言った。

「だんな、どうもありがとう。いっしょに付いて来てくださって――。こいつはちょっくら変わっている子でね。あっしは、たいそう気に入りだったんですが、それが、行っちまうなんて。」

ディックは、二人が帰って行くうしろ姿を、いつまでもぼんやりと、涙の目で見送っていた。

それから、いよいよ、出発の日が来るまで、セドリックは、よく、ホップスさんの店へ行っては話し込んでいた。

ホップスさんは、すっかりふさぎこんでしまっている。セドリックが、お別れ記念の金時計とくさりを、得意になって持って来た時だって、ろくろく挨拶《あいさつ》もできないぐらいで、膝の上に記念品の入った箱を乗せて、鼻をかんでいるばかりであった。セドリックは、言った。

「ね、ホップスさん。箱の中には、こう書いてあるんですよ。〝ホップスさんへ、旧友フォントルロイから。これを見る時には、ぼくを思い出してくれるように。〟ってね。ぼくが、時計屋さんに頼んで、書いてもらったんです。」

ホップスさんは、するとまた、つんと鼻をかんで、ディックと同じようにかすれ声で言った。

「セデー、どうしてわしが忘れるもんかい。わしは、セデーのことは決して忘れないよ。そのかわりな、お前も、わしのことを忘れないでな。イギリスの貴族の仲間入りをしてもだよ。」

セドリックも、このホップスさんが好きでたまらない。

「もちろん、ぼくだって、ホップスさんのこと、決して忘れませんよ。ぼくは、ホップスさんと話している時が、一番、楽しかったもの。ホップスさん、いつか、会いに来てくださいね。ぼくのおじい様も、きっと喜びます。ホップスさんの話をしたら、おいでくださいという、招待状をよこすかもしれません。伯爵だっていいでしょう。来てくれるでしょう。」

真剣な顔をして言うと、ホップスさんも涙声になって、

「ああ、いいとも、行くとも。」

と、気持ちよく答えた。

もう、ホップスさんは、招待状さえ来れば、貴族がいやだなどと言わないで、はっきりと出かける約束をした。

いよいよ、旅の支度がすっかりできて、荷物を船へ運ぶ日がやってきた。馬車が家の入り口に横付けになっている。セドリックは、やはりさびしくてならなかった。母も、しばらく、自分の部屋にいたが、階段を降りて来たときには、目がはれぼったくぬれて、美しい口元は震えていた。

セドリックは、たまらなくなって駆け寄った。すると、母も腰をかがめたので、抱きついてキスをした。二人とも、どうしてこんな悲しいのか、わからないぐらいであった。まもなく、セドリックが、こう言った。

「ママ、この家、二人とも、大変好きだったんですものね。これからも、いつまでも忘れないでいましょうね。」

　母もたまらなくなって、やさしい声で答えた。

「本当に、そうでしたね。」

　それから、馬車に乗ったが、セドリックは、母のすぐ脇《わき》に座った。母が、名残り惜しそうに馬車の窓から、うちをのぞいていた。セドリックは、母の顔をのぞきながら、母の手を、しっかりと握っていた。

　いよいよ、船に乗った。あたりを見ると、誰もみんなが、忙しそうである。馬車は、あとからあとからと、お客を運んで来るし、大きなトランクや、箱も、次つぎと、放りあげられていき、引きずられていく。水夫たちは、走り回りお客の中には、笑っているものもあれば、目にハンカチをあてて泣いている人もいた。セドリックには、何もかもがおもしろかった。太いつなが積み重ねてあるし、帆柱は、本当に高かった。セドリックは、水夫に話しかけて、海賊のことを聞きたいなと思った。

そして、まもなく、船が出ようという時である。セドリックが、上甲板の手すりにもたれて、水夫や、波止場人足たちが、いよいよ船を出そうと、騒いでいるのに見とれていると、誰かが、甲板の人ごみをわけて、セドリックのほうへ近づいて来るのに気がついた。手に赤いものを持っている。ディックだった。

「やあ、セデー。おら、走り通しで、見送りに来たんだよ。あれからおかげで、商売は、大繁盛《はんじょう》でね。これ、きのう儲《もう》けたお金で、買ってきてやったんだよ。偉い人のところへ行ったら使ってもらおうと思ってな。包み紙はないよ。甲板へ上がるとき、いけないって、止めるものだから、押しのけようとした拍子に、ちぎれちまったんだよ。そら、ハンカチだよ。」

ひと息に、ディックがそう言ったとき、出帆のドラが鳴った。セドリックは、そのため、返事をするひまもない。ディックは、あわてて駆けおりながら、息せき切って言った。

「じゃあ、あばよ。偉い人たちの中に入ったら、きっとそのハンカチを使っておくれよ。」

まもなく、ディックは、人ごみの中へ、見えなくなってしまった。やっと、ディックがひょいと下甲板から、波止場に足をかけるかかけないうちに、もうタラップは、ぐうっと船へ引き上げられた。ディックは、波止場から、上甲板を見上げて、しきりに帽子を振っていた。

セドリックも、いま、もらったばかりのハンカチを握りしめて、じっと、ディックを眺めていた。ハンカチは、絹で織った真っ赤なもので、馬のくつわと、馬の首の模様が、紫色で飾られている。

そのうちに、ぐいぐいと何かを引っぱる音やキイキイと、きしませたりする音が、いっそうやかましくなってきた。波止場の人たちは、船の上の人たちを、呼んで叫び、船の人たちは、波止場の上の人たちに向かって、叫び始めた。

「さようなら、さようなら。忘れてはいけませんよ。リバプールへ着いたら、きっと手紙をおよこしなさいよ。」

フォントルロイ小公子も、前へ乗り出して、赤いハンカチを振った。

「さようなら、ディック。ありがとうよ、ディック。ディック、さようなら。」

もう大きな船は、静かに動き出していた。誰も彼もが、いっそう大きな声を張り上げる。エロル夫人は、そっと目の上へベールをおろした。岸は、大変な騒ぎである。ディックは、その中で、フォントルロイのかわいらしい顔と、明るい髪の毛が日の光に輝いて、風に吹かれているのをじっと見つめていた。フォントルロイ小公子が、

「さようなら、ディック。」

と、一生懸命に叫んでいるのを、夢中で聞いていたのだ。

フォントルロイ小公子は、こうして、生まれた故郷を離れて、まだ見たこともない国へ旅立ったのである。

第四章　船の中の出来事

イギリスへ行く船の中で、エロル夫人は、初めて、セドリックに、向こうへ着いたら一緒に暮らせないということを、話して聞かせた。

セドリックは、大変驚いた。悲しくて仕方がない。いまにも泣き出しそうなのを見て夫人は、しきりに言い聞かせた。

「でもね、セデー。ママのおうちはね、お城からそんなに離れていないのよ。あなたが毎日、駆けてきて会えるぐらいなのよ。いろんなことを話しましょうね。本当に楽しいわね。それにドリンコートのお城は、とってもきれいなところだって、パパがよく話していらしたのよ。パパは、お城がとてもお好きだったんですもの、セデーもきっと好きになれてよ。」

「でも、ママも一緒なら、ぼく、もっと好きになるんだがなあ。」

セドリックは、そう言ったが、母の家がそばだと聞いて、やっと、少しは安心ができたようである。ハビシャムさんは、伯爵《はくしゃく》の心やりが、本当によかったと思った。

けれども、セドリックには、なぜ、自分が母と別べつに住まなければいけないのか、そのわけがわからなかった。エロル夫人は、それを話していいかどうか迷った。しかし、やはり話さないほうがいいと思って、ハビシャムさんに、こう言った。

「わたしは、聞かせないほうが、いいと思いますの。聞かせたってよくわかりませんでしょうし、おじい様が、そんなにまで、わたしを嫌っていらっしゃるのを、知らせないほうが、おじい様によくなつくと思いますの。人が、意地悪をしたり、憎み合ったりすることを、セデーは、ぜんぜん知らないのですから。それなのに、おじい様が、わたしのことを、よくお思いにならないで、一緒に住まわせてくださらない、などということがわかったら、どんなに驚くことでしょう。ですから、大きくなるまで、言わないほうがセデーのためにも、伯爵様のためにも、いいと思います。」

それで、セドリックは、母が、わけを話してくれないのは、まだ自分が子どもだからだと、一人決めにしていた。そして、母が、何かとなぐさめてくれるので、セドリックは、悲しいことよりおもしろいことのほうが、多くなってきた。

けれども、ハビシャムさんは、ときどき、セドリックが、じっと海を眺めながら、何か考えごとをしているのを見ることがあった。大人のようなため息をついていることもある。

あるとき、セドリックは、ハビシャムさんにこんなことを言った。

「おじさん、ぼく、本当にいやなんです。ママと別れて住むなんて――どんなにぼくいやだかわかってくれますか。でも、世の中には、もっともっとたくさんの苦労があって、誰でも、それを我慢しなければいけないんですね。メアリーだって、ホップスさんだって、そう言っていましたよ。だから、ぼくだけが、ママと別れて、おじい様のところにいるのは辛《つら》いんだけれど、おじい様は、みんな子どもを亡《な》くして、かわいそうなんだから、ぼく行きます。」

ハビシャムさんは、ほっとした。

まんまるい、無邪気な顔で、大真面目《おおまじめ》でそう言うセドリックは、たまらなくかわいかった。こうして、ハビシャムさんも、いつか、セドリックと一緒にいることが、心から楽しくなってきた。ハビシャムさんは、そこで言った。

「それでは、フォントルロイ様。フォントルロイ様は、おじい様を、お好きになろうとお思いなのでございますね。」

「もちろんそうですとも。だっておじい様は、ぼくの親類なんだもの。誰だって、親類は好きにならなくちゃいけないんでしょう。それに、おじい様は、ぼくに、大変親切だもの。いろんなことをしてくれるし、欲しいものは、なんでもくださるし、親類でなくったって、好きになれますよ。その上、親類でしょう。好きになるに決まっています。」

「じゃ、伯爵様も、フォントルロイ様を、お好きでしょうね。」

「そりゃ、好きに決まっていますよ。ぼく、おじい様の、子どもの子どもだもの。誰だって、自分の子どもの子ならば、好きに決まっているでしょう。」

そのうちに、船の中では、この小公子フォントルロイの、まるで小説のような身の上話が評判になって、甲板を走り回ったり、母や、背の高いハビシャムさんと散歩をしたり、水夫と話しているのを見ると、誰もが見とれていた。

「なんて、おかわいい、賢そうな小公子様でしょう。」

また、セドリックは、どこででも、誰とでも友だちになった。大人に散歩に誘われると、大人のような歩き方をして、一緒に歩くし、女の人とだって、おもしろく、調子を合わせる。また、子どもの仲間になると、すぐに、すばらしい遊びを考え出した。

水夫たちとは、一番の仲良しで、海賊や、難破船や、無人島の話などを聞くのが、大好きであった。いつのまにか、水夫の話し方の調子まで移って、同じようなことばづかいをしてみんなを笑わせることもあった。

〝こんちくしょう。なんて、ひでえ寒さだ。〟

などということばを使った。これは、ジェリーという年取った水夫が、勇ましい冒険談の中で、よく使うことばであった。

ジェリーは、二、三千回も航海に出ていて、人食い人種の島へも、たどりついたということである。だから、体のどこかを何度もむし焼きにして食われているし、十五回か二十回ぐらいは頭の皮をはぎとられたとも言っていた。

セドリックは、そんなふうに、母にジェリーのことを教えた。

「だからね、ママ。あの人、あんなに頭が、はげているんだって。」

「何度も頭の皮をむかれると、もう、髪の毛は、生えてこないんですって。一番おしまいにはね、パロマチャー・ウィーキン人の王様に、ウォップスル・マンキー人の酋《しゅう》長《ちょう》の頭の骨で作ったナイフを振り回されて、殺されそうになったんですって。それっきり、髪の毛はもう生えなくなったんだって言っていましたよ。そのときは、ジェリーでも、怖くて怖くて、びっくりして、髪の毛が立ったまま、横にならなくなってしまったんだそうです。

しかも、そのジェリーの髪の毛の皮を、王様は、いまでもかぶっているそうですよ。まるで、ブラシをかけたように見えるんですって。ぼくはいままで、そんな話、一度も聞いたことがありません。ホップスさんに、聞かせてやりたいなあ。」

ときどき、天気が悪くなって、甲板に出られないことがあった。そんなとき、人びとは、セドリックから、ジェリーのやってきた冒険談を聞いて、ひまをつぶした。セドリックは、たいへん得意になって話したし、誰も彼もが夢中になって聞いていた。大西洋をわたった人びとの中でも、セドリックほど、みんなに喜ばれたものは、いないのではないだろうか——と、思われるくらいだった。

セドリックは、人が喜ぶことなら、なんでもしてみようというふうである。しかし、みんなのために、自分が、そんなに役に立っていることには、気が付いていなかった。それがまた、いっそう、みんなの心を引きつけた。

でも、セドリックはあるとき母にこう言った。

「あのね、ママ。誰でも、ジェリーの話をとても喜ぶんです。でもね、あれ、すっかりぜんぶが本当でないような気がするんです。ひょっとしたら、少し間違えているんじゃないかしら。何度も頭の皮をむかれたんだから、きっとジェリーさん、忘れん坊になってしまったんでしょうね。」

そして、ディックにさよならをしてから、十一日目に、船は、無事リバプールに着いた。母とハビシャムさんと三人で、船を降り、馬車に乗ってコート・ロッジの門の前に着いた。ちょうど、十二日目の夜で、ここの家が、これからの母の住まいであった。

暗くて、家の様子は、よくわからなかったけれども、馬車道があって、両方から、大きな木が、覆《おお》いかぶさっているのがわかった。その道を、しばらく馬車を進めて行くと、玄関のドアが開いていて、明りが流れ出した。

メアリーは、セドリックの母付きの女中になって、一緒にイギリスへ渡って来ていたが、先に、この家へ着いていて、セドリックが、馬車から飛びおりてみると、もうほかの召使たちと一緒に、ぴかぴか光った廊下へ出て、迎えていた。

フォントルロイは、メアリーに飛び付いて、うれしそうな声を出して言った。

「メアリー。もう来ていたんだね。――ママ、メアリーですよ、メアリーですよ。」

そして、メアリーのかさかさした赤ら顔にキスをした。

エロル夫人も、もうそばへ来ていて、

「メアリーや、お前が来てくれているので、わたしも、どんなに心強いかしれませんよ。お前の顔を見て、ほっとしましたよ。知らないところへ来たような気がしませんものね。」

ほっそりした手を差し出すと、メアリーも、夫人を励ますように強く握りしめた。

生まれた国を離れて、その上、たった一人のかわいい子どもまで、知らない人に、お渡しになるのだもの。奥様は、どんなにお辛いことだろう、とメアリーは思った。

イギリス人の召使たちは、みんな目を丸くして、この母と子を見つめていた。二人について、もう噂《うわさ》は、いろいろと聞いていた。伯爵が、どんなにかんかんに怒っているかとか、どうして、エロル夫人が、コート・ロッジに住んで子どもだけが、お城で過ごすのかとか、また、セドリックの受け継ぐ大きな財産のことや、痛風を病んで、いらいらしている、怖い伯爵のことなど、何もかも、みんな知っていた。そこで、こそこそとこんなことを話していた。

「小公子様も、おかわいそうにね、これから先大変でしょうに。」

けれども、召使たちは、まだ、小公子フォントルロイが、どのように、気立てがやさしいか、ぜんぜん知らなかった。

セドリックは、いつものように、自分でオーバーを脱いで、あたりを見回した。すると、広い廊下の飾りつけには、鹿《しか》の角や、めずらしいものがいろいろと、掛かっていた。初めて見る立派なものばかりなので、セドリックには、本当にめずらしかった。

「ママ、ずいぶん、きれいな大きな家ですね。これから、ママ、ここにいらっしゃるんでしょう。いいですね。」

と、セドリックは言った。

本当に、ニューヨークで住んでいたみすぼらしい家と比べると、比べ物にならないほど、大きくて、とてもきれいである。メアリーと二階へ上がって行くと、寝室には、派手な更紗《さらさ》のカーテンが掛かっていた。ストーブには、火が、赤く燃えていた。白い敷皮の上には、白いペルシア猫が、気楽そうに寝そべっていた。メアリーが、夫人に言った。

「奥様、このペルシア猫は、お城の女中頭をなさっている方が、くださったんでございます。大変、親切な方で、奥様をお迎えする用意を、みんなしてくださいました。わたしも、ちょっと、お目にかかりましたが、むかし、亡くなっただんな様を、大変、かわいがっていらしたそうで、お亡くなりになったのを、それはそれは、悲しんでおいででございました。それで、猫でもいたら、奥様が、おうちのように気をお休めになることができるだろう、とお考えになって、お持ちくださったのでございます。エロルだんな様の、お小さい時のことを、立派で、とってもかわいいお子様だった、と言っていらっしゃいました。また、大きくなってからも、偉い人にも、目下の人にも、やさしく親切で、立派な人だったとも申しておられました。わたしもそれで、こう、申し上げたんでございます。今度おいでになるぼっちゃんが、また、その通りでございます。本当に、ご立派な方でございますって。」

二階で、母と子は、着替えを済ませてから、また、下へ降りて、今度は、大きな立派な部屋へ通った。天井は、わざと低くしてあって、家具は、どれもがどっしりしていて、美しい彫り物がしてあった。ソファは、深ぶかとして、飾りだなの上には、めずらしい飾り物が、並べてある。ストーブの前には、大きな虎《とら》の皮が敷いてあって、両側には、立派な肘掛《ひじか》け椅子《いす》があった。

セドリックが、白猫をなでてやると、猫は喜んで、ついて下へ降りて来て、セドリックが、虎の皮の上に横になると、自分も、体を丸くして、そばへ寄って来た。セドリックは、すっかりうれしくなって、顔を猫にくっつけて、何度もなでてやった。

その間に、エロル夫人とハビシャムさんは、小さな声で話していた。

エロル夫人が心配そうに言った。

「今夜は、まだ、セデーはお城へ参らなくともよろしいのでございましょうね。わたしと一緒にいて、よろしいのでございましょうね。」

すると、ハビシャムさんは、

「ああ、それでよろしいと思います。食事を済ませてから、お城へうかがって、こちらへお着きになったことを申し上げてまいりましょう。」

そのとき、エロル夫人が、ちらっと、セドリックのほうへ目をやった。すると、セドリックは、虎の皮の上へ、品よく寝そべって、そばで、猫が気持ちよさそうに、喉《のど》をゴロゴロと鳴らしている。

夫人は、つい、ほおえんだが、すぐに、悲しそうに言った。

「ハビシャム様、伯爵様は、わたしが、あの子と別れるのが、どんなに辛いことなのか、半分もその気持ちを、ご存じないのではないかと思います。」

そして、あらたまって言ったのである。

「どうか、伯爵様に、わたしが、お金はいらないと申していると、お伝えくださいませ。」

ハビシャムさんは、驚いた。

「えっ、お金をですって。まさか、あの年ねん伯爵さまがくださる、お金のことじゃないでしょうね。」

「いいえ、そのお金のことでございます。この家は、お受けいたしますけれども、あのお金は、いただかないほうがよいとぞんじます。子どもの近くに住まわせていただけるだけでも、ありがたいと思っております。お金なら、少しは持っておりますから、質素にさえしておりましたら、どうにか、やっていけることと思います。伯爵様が、そんなにわたしを嫌っていらっしゃるのに、お金をいただくと、なんだか、お金であの子を売るような気持ちにもなって、いやなのでございます。あの子をさしあげますのは、あの子がかわいいからで、あの子のためになることなら、わたしは自分のことなんか、どうなってもよろしいのでございます。また、この気持ちは、亡くなったあの子の父のエロルも、同じだったと思います。」

　ハビシャムさんは、困って、あごをなでなで言った。

「それは、本当に困ったことです。思いがけないことです。伯爵は、どんなにお怒りになるかわかりません。それに、第一、その気持ちがおわかりにならないでしょう。」

　けれども、夫人は、やっぱり強く、

「でも、よくお考えくだされば、わかっていただけないでしょうか。わたしは、本当に、お金は、お受けしたくないのです。」

　エロル夫人の強いことばを聞いたハビシャムさんは、いよいよ困ってしまったが、

「それでは、ともかく、お気持ちだけはお伝えしてみましょう。」

と、言った。

　そのうちに、夕食の時間になって、みんなテーブルに着いた。大きな猫は、セドリックの隣の椅子に上がって、食事をしている間中、ゴロゴロと喉を鳴らせている。

それからまもなく、ハビシャムさんは、城へ行って、伯爵に会った。伯爵は、ストーブのそばの贅沢《ぜいたく》な安楽椅子にかけて、痛む足を、足台の上に乗せていたが、もじゃもじゃした眉毛《まゆげ》の下から、鋭い目を光らせて、ハビシャムさんに言った。

「帰ったか。どうだった。」

ぶっきらぼうだが、心の中では、大変気がかりのようであった。

「はい。ただいま、フォントルロイ様も、奥様も、コート・ロッジにおいでございます。お二人とも、お元気でございます。」

伯爵は、心の中では、いっときも早くいろいろ聞きたいと思う様子だった。けれど、わざとそっけなく言った。

「それは、けっこうだった。じゃ、楽にして、一服やって落ち着くがいい。では、それからあとを聞こう。」

「はい。フォントルロイ様は、今晩だけは、奥様のところにおいでになって、明日、わたくしが、お城へお連れ申すことにいたしたいと思います。」

「なるほど——ところでわしは、お前に手紙では、何も知らせなくともよいと言っておいたので、何もわからないのだが、母親なんかは、どうでもよい。その子はどんなじゃったかい。」

「はい――」

と、ハビシャムさんは、自分でついだ葡萄酒《ぶどうしゅ》を少し飲んで、コップを持ったまま、腰をおろして、用心深そうに言った。

「ところが、なにぶん、まだ、七つになったばかりの小公子様のことでございますので――。」

伯爵は、じろりとハビシャムさんをにらんで、口汚く言った。

「なにっ。じゃ、馬鹿《ばか》だとお前は言うのかい。それとも、言いにくいところを見ると、みっともない小僧というのか。――やっぱりアメリカ人の血筋は、争われんもんじゃ。」

ハビシャムさんは、伯爵のこのことばにびっくりして言った。

「いいえ、そういうことではないのでございます。アメリカの生まれだから悪い、というところなどは、何もございません。それどころか、わたくしのお見受けしたところ、たいへんご立派な、小公子様でございます。」

しかし、ハビシャムさんは、このことばを弁護士らしく、わざと落ち着き払っていった。その方が、伯爵には、ききめがあるからである。

「じゃ、丈夫で、よく育っているのかい。」

「はい、元気に、たいへんよくお育ちのようにお見受けいたします。」

「手足は、すらりとしているのか。その子の見かけはいいのか。」

ハビシャムさんのまぶたに、そのとき、さっきのコート・ロッジでのありさまが、はっきりと浮かんできた。虎の皮の敷物の上に、のびのびと横たわっていた、上品な美しい男の子の姿である。――金色の巻き毛が、光るように、敷物の上にたれて、ほおの色は、ばら色であった。――ハビシャムさんは、薄い唇に、かすかなほおえみを浮かべて言った。

「はい。男のお子様としては、大変お美しい方であると存じます。もっとも、わたくしはそうしたことを見ることには、慣れておりませんが、伯爵様がごらんになってみれば、イギリスの子どもとは、どこか違っているところが、おわかりかと思います。」

「そりゃ、そうだろう。」

と、伯爵は、足が痛んできたので、うなるようにしながら言った。

「アメリカの子どもなんて、どいつもこいつも、みんな図々《ずうずう》しくて、乞食《こじき》みたいなやつばかりだからな。」

「しかし、伯爵様、フォントルロイ様の場合にはそのことは、あてはまらないと思います。イギリスの子どもとの違いを、どう申し上げてよいかわかりませんが、フォントルロイ様は、同じ年頃の子どもたちといる時よりも、大人と一緒においでになった時が、多いらしいようで、ちょっとませたところと、本当に子どもらしいところを、まぜ合わせて、お持ちのようでございます。」

「なに。――それが、アメリカ人の図々しさというもんなんだ。やつらは、そのことを、自由だとか、なんとか言っているのだろうが、まったく、不愉快なやつらじゃ。」

ハビシャムさんは、今度は、だまって、また葡萄酒を一杯飲んだ。伯爵に手向かっても、仕方がないし、足の痛むときには、伯爵は、いっそう、いらいらとしてくるからである。わざと、しばらく間を置いてから、ハビシャムさんは言った。

「ところで、伯爵様。エロル夫人から、お言伝《ことづて》がございました。」

「ふん。あんな女のことなんか、聞きたくもないわい。」

「でも、これは、大事なことでございまして。夫人は、伯爵様の仰《おお》せられている、年ねんお渡しになる年金を、いただきたくないと申しておられるのでございます。」

さすがに、伯爵も、これには驚いたらしく、ハビシャムさんをにらむように、

「な、なんだって。」

と、聞き返した。ハビシャムさんは、もう一度繰り返した。

「はい。夫人は、年金を、いただきたくないと申しておられるのでございます。それ

に、伯爵様から嫌われていながら、お金をちょうだいするのは、まるで、子どもを売るようだと申しておられまして――。」

「なんだと、あのアメリカ女め。よくも、勝手なことを言いおるな。そんな女には、もうわしは会うのもごめんだ。欲ばり女のくせに。」

「いいえ、欲ばりではないのでございます。いらないとおっしゃっているのですから。」

けれども、伯爵は、かみつくように言った。

「さては、お前も、口先で、わしをごまかして、あの女に会わせようとしているんだな。そんな手には乗らんぞ。ともかく、わしは、わしの城の前で、フォントルロイの母である者に乞食のような暮らしは、してもらいたくないのだ。いやでも、金は受け取らせよ。」

「でも、受け取っても、お使いにならなくては、なんにもなりませんではありませんか。」

「そんなことは、わしの知ったことじゃないわ。受け取らせるだけじゃ。」

とうとう、伯爵は、どなってしまって、

「あの女は、そうしてわしが何もしないから、乞食みたいな暮らしをしなければならないと言いふらしたり、また、フォントルロイに、わしを悪く思わせようとしているのにちがいないわい。きっともう、フォントルロイにも、いろいろ、わしのことを、悪く言っておるにちがいあるまい。」

「いいえ、そんなことは、絶対に、ないと思います。そのわけは——。」

「いや、聞きとうないわ。そんなこと。——」

「だが、伯爵様。あの方がおっしゃるには、二人が別べつのところに住むのは、伯爵が夫人を嫌って、そうさせなさるのだということを、絶対、フォントルロイ様には、気づかせないようにしてほしい、と申していらっしゃるのでございます。フォントルロイ様は、大変お母様思いでございますので、そんなことから、伯爵様との間が、うまくいかなくなれば、困ると思っていられるわけなのです。フォントルロイ様が、心から伯爵様になつくようにしたい、と心がけていられるのでございます。」

すると伯爵は、深ぶかと椅子の中へ、体を沈め、こわい目を光らせて言った。

「それでは、なんにも、そのようなことは、まだ聞かせていないというんだな。」

「はい、まちがいございません。フォントルロイ様は、伯爵様のことを、一番、やさしい、親切なおじい様だと、思っておいでなのでございます。夫人は、フォントルロイ様に、そのように、お教えしていらっしゃるのでございます。立派なおじい様だということに、少しでも、疑いのあるようなことは、夫人は、何一つ聞かせておいでになっていません。だから、フォントルロイ様は、伯爵様のことを、びっくりするほど、立派なやさしい方とお思いなのです。」

「それは、本当か。」

「神様にお誓い申して、嘘《うそ》は申しません。これから後、フォントルロイ様が、伯爵様をどうお思いになるか知りませんが、それは、伯爵様のお心がけ一つと思います。失礼とは存じますが、伯爵様が、夫人のことを、悪くおっしゃりさえなさらなければ、なんでも、うまくいくのではないかと存じます。」

「なんだって。馬鹿な——。たった七つの子に何がわかるものか。」

「でも、七年の間、ずっと、お母様のそばで、お暮らしだったのです。お母様を、誰よりも愛していらっしゃるのですから——。」

第五章　すばらしいドリンコート城

そのあくる日の午後、小公子フォントルロイとハビシャムの乗った馬車は、ドリンコート城へ行く長い並木道を走っていた。伯爵《はくしゃく》が、フォントルロイを、夕食に間に合うように連れてこいと言った。また、自分の部屋には、フォントルロイ一人で入ってくるようにせよと言い付けた。何か、考えているらしい。

フォントルロイは、贅沢《ぜいたく》な馬車のクッションに、深ぶかともたれながら、あたりのけしきを夢中で眺めていた。どれもこれも、見るものみんなが、おもしろいのだ。きらきらと光る馬具を付けた大きな馬の引く馬車も、まばゆいような服を着た御者や、馬丁も気に入った。

大門の扉に、冠の模様が、彫り付けてあったが、どうしてそんなものが彫り付けてあるのか聞きたいので、馬丁とも、すぐ仲良しになって聞いてみた。また、庭の門の前に来たときは、両側に、大きな石のライオンがあった。よく見ようと、馬車の窓から首を出すと、つたのからんだ小さな美しい家から、顔色のいい、やさしそうな女の人が出て来て門を開けた。二人の子どもが、あとから続いて駆け出して来て、馬車の中の子どもをじっと見ている。母親が、にっこりとして、頭をさげ、子どもたちにも合図をすると、二人の子どもたちも、ぴょこんとおじぎをした。

フォントルロイは、

「あの女の人、ぼくを知っているんでしょうか。知っているようですね。」

と、ハビシャムさんに聞いて、黒いビロードの帽子を脱ぎ、笑いかけながら、明るく言った。

「こんにちは――。」

すると、女の人は、大変うれしそうににこにこと笑って、

「よくいらっしゃいました。小公子様。本当に、おかわいらしいかたで――。お幸せをお祈りします。」

と、言った。

フォントルロイは、帽子を振って、挨拶《あいさつ》したが、そのうちに、馬車はもう、女の人のそばを通り過ぎたので、

「ぼく、あの女の人、とても好きです。子どもが好きらしいんですもの。ぼく、これ

から、ここへ来て、子どもと遊んでいいでしょうか。ほかにもまだ、子どもが、いるでしょうか。」

と、ハビシャムさんに言った。

けれども、ハビシャムさんは答えないでだまっていた。小公子が、門番の子と遊ぶことなどは、絶対に許されそうもないことだからである。そして、そのことは、あとで話したほうがよいと思ってだまっていたのだ。

馬車は、大きな美しい木が、両側に並んで、枝と枝が、トンネルのように覆《おお》いかぶさった中をずんずん進んで行った。フォントルロイは、いままで、こんなに大きく繁《しげ》った木を見たことはなかった。どの木も、どっしりとした大きな木ばかりで、枝は下のほうの幹のあたりにも付いている。ドリンコート城が、イギリスで、一番美しい城の一つで、広くて見事なことは、ほかに、比べる物もないほどであることを、セドリックは、まだ知らなかった。夕日の光が、金の槍《やり》のように、こんもり繁った木の中に差している。一本だけ大きく繁っているものもあるし、奥のほうでは、森のように群らがり立っているものもあった。

本当に、なんと広い、美しい庭だろう。セドリックは、なんとも言えないほど心がふくれてうれしくて仕方がなかった。

馬車は、しだの繁った道を通ったり、また、つりがね草の花が、真っ青に咲いたあたりを、何度も通り過ぎていった。うさぎが、突然青い草のかげから、飛び出していった。セドリックは、思わず声をたてて喜んだ。また、きじの群れが、バタバタと飛び立ったりしているところもあった。

「ほんとうに、きれいな楽しいところだな。こんなところ、ぼく、初めてですよ。ニューヨークのセントラル公園よりも、ずっとずっと立派だもの。」

と、言った。でも、あまり時間がかかるので、

「ハビシャムさん。いったい、門からお城までどのくらいあるんですか。」

と、聞くと、ハビシャムさんは答えた。

「五キロか、六キロでしょうね。」

セドリックは、本当に驚いてしまった。

そのうちに、今度は、鹿《しか》が、草原《くさはら》のところどころで遊んでいた。馬車の音に驚いて、きれいな角を光らせて逃げるのを見て、フォントルロイは、もう、喜びでぼうっとなってしまって、思わず聞いた。

「ハビシャムさん。いま、サーカスが来ているんですか。」

すると、ハビシャムさんは、おかしそうに笑いながら答えた。

「いいえ、鹿たちは、ここに住んでいるんですよ。みんな、伯爵様――フォントルロイ様のおじい様の物なんですよ。」

　そのうちに、お城が見えてきた。お城は、灰色に美しくそびえていて、たくさんの窓に夕日が美しく光っている。やぐらや、塔もあって、壁は、つたかずらに覆われていた。まわりの広場には、テラスがあり、芝生や、花壇も作ってあって、花が美しく咲き乱れていた。

「本当にぼく、こんなきれいなところ、一度も見たこともありませんよ。まるで王様の御殿みたいだもの。ぼく、おとぎ話の本で見たのと同じですよ。」

　お城に着くと、大玄関の扉が、開かれていて、たくさんの召使たちが、二列にならんで、馬車から降りて来るセドリックをじっと見ていた。セドリックが、どうしてあんなにたくさん並んでいるのか、と思いながらよく見ると、服も、みんなそろいの美しいのを着ていた。やがてこのお城の主人公になる自分を、迎えてくれているのだが、セドリックは、まだ気が付かなかった。

　御殿のようなきれいなお城も、広い庭も、うさぎの遊んでいる草原も、よく走る鹿も、花壇も、みんないつかはセドリックの物になるのだ。でも、セドリックは、つい二週間前まで、じゃがいもや、かんづめを並べたホップスさんの店の椅子に腰掛けていたのだ。どうしても、こんな大きなお城が、自分と関わりのある物になるとは、考えられなかった。

召使たちの一番前に、黒い絹の服を着た年を取った女の人が、一人立っていた。髪はまっ白だった。セドリックが、ハビシャムさんに手を引かれて、大広間の方へ行くと、その人が近づいて来たので、ハビシャムさんは、立ち止まって言った。

「メロン夫人。この方が、フォントルロイ小公子様です。フォントルロイ様。お城の女中頭をしている、メロンさんでございます。」

そこで、セドリックは、目を輝かせて夫人に手を差し出して言った。

「じゃ、コート・ロッジの家へ、猫をくださったのは、あなたなんですね。どうもありがとう。」

上品なフォントルロイのその姿に、メロン夫人も、うれしそうにして、ハビシャムさんに、言った。

「この小公子様なら、どこでお目にかかっても、すぐにわかりますね。お顔だちだって、ご様子だって、おとう様のエロル様そっくりですもの。本当に、きょうは、おめでたい日でございますわ。」

セドリックは、どうして、そんなにおめでたいのかわからなかった。不思議そうに女の人を見ていると、女の人の目には、涙が浮かんでいるようだった。しかし、それが、悲しいためなのかどうか、よくわからなかった。にっこりとほおえんで、女の人は、セドリックに言った。

「あの、コート・ロッジへさしあげた、猫の子が、まだ、二匹、ここに残っております。あとで、早速小公子様のお部屋へ、さしあげにまいりましょう。」

それから、ハビシャムさんが、そのメロン夫人に、小さな低い声で、一言二言何か言うと、夫人は、うなずいて言った。

「はい。書斎においでてございます。小公子様お一人で、おいであそばすようにとのことでございます。」

※　※　※

まもなく、ほかの者たちと同じ服を着た、大変背の高い、男の召使が、一人やって来た。セドリックに付き添って、重おもしい声で言った。

「伯爵様、フォントルロイ様が、お着きでございます。」

この召使は、小公子が、自分のお城へ戻って来たのを、伯爵に取り継ぐのが、大変名誉だと思っている。セドリックは、敷居をまたいで、部屋へ入った。

その部屋は、大変立派な部屋で、彫り物をした置き物が、どっしりと置いてあった。幾段もの本棚には、本がぎっしりと詰まっていた。カーテンは、重おもしくたれていて、ひし形のガラス窓が、ずっと向こうにあった。部屋のはしからはしまでが、大変、遠く見えるのは、そのためであった。しかし、もう、夕日も沈んでいたので、部屋は、なんだか晴ればれとしないように思えた。

セドリックは、初めは、中には誰もいないのかと思った。けれども、すぐに、大きなストーブが、赤あかと燃えているそばの、大きな安楽椅子《いす》に、誰かが腰をかけているのがわかった。だが、その人は、セドリックのほうを見向きもしなかった。しかし、そのときセドリックは、ひとところに目を引かれていた。大きな安楽椅子のそばの床の上に、茶色のすばらしいマスチフ種の犬が寝ていた。体も手足も、ライオンほどあって、まもなく立ち上がったと思うと、セドリックのほうへ、どしどし足音をたてて、近づいて来た。

このとき、初めて、椅子にかけていた人が口を開いた。

「これ、ジュガル（犬の名）、こっちへこい。」

けれども、セドリックは、もともと、元気で勇ましいたちだったので、怖いとも思わないで、その大きな犬の首輪へ、平気で手をかけて、椅子のそばへ歩いて行った。ジュガルは、歩きながらしきりにセドリックの匂《にお》いをクンクンとかいでいた。

伯爵は、そのとき初めて顔を上げた。見ると、眉毛《まゆげ》も髪の毛も、白くふわっとしていて、目はくぼんで鋭い。鼻は、ワシのくちばしのようにとがっていて、どっしりとした大きな老人であった。

伯爵もまた、じっと、セドリックを眺めた。レースのカラーのついた黒ビロードの服を着て、きりりっとした顔のあたりには、金色の巻き毛が波を打っていた。そして、無邪気な、かわいらしい目付きで、伯爵を眺めている。

もし、このお城が、昔話に出てくる御殿ならば、セドリックは、王子様そっくりなのだが、自分では、そんなことを、ちっとも感付いていない。

しかし、伯爵は、こんなにかわいい孫が、大きな犬の首に手を乗せて、近づいて来る勇ましさに、すっかりうれしくなって、威張りたくさえなってきた。

しかも、セドリックは、門番や、メロン夫人に会った時と少しも変わらない調子で、人なつっこく、伯爵のそばへやって来て言った。

「あなたが、伯爵様ですか。ぼくは、ハビシャムさんに連れて来ていただいた、あなたの孫のフォントルロイです。」

そして、やっぱり伯爵にも、握手をするのが礼儀にかなっているのだと思って、手を差し出して、大変親しそうに言った。

「ぼく、おじい様にお目にかかれてとてもうれしいんです。」

伯爵は、なんともいいようのない、ゆがんだ顔になって、握手をした。ちょっと、あきれたというふうだったが、じろじろとセドリックを眺めて、

「そうか、おまえは、わしに会って、そんなに、うれしいか。」

「ええ、とっても。」

セドリックは、そばの椅子に腰を掛けたが、その椅子は、寄りかかりも、背丈も、たいへん高い椅子だった。両足を浮かせて、伯爵をじっと見ながら、セドリックは言った。

「ぼく、おじい様が、どんな人かしらって、いつも考えていたんです。お船のベッドの中でも、パパに似ていらっしゃるかしら――そんなこと思っていたんです。」

「そうか。それで、似ていたのかね。」

「そうですね。パパがお亡《な》くなりの時には、まだ、ぼくとっても小さかったから、よく覚えていませんけれど、なんだか似ていらっしゃらないみたいですね。」

「それじゃ、がっかりしたね。」

「いいえ、ちっとも。だって、誰だってパパに似ている人は好きに決まってるけれど、似ていなくたって、おじい様の顔なら、好きです。おじい様だって、自分の親類のものなら、みんなお好きでしょう。」

伯爵は、椅子の背に寄りかかって、目を見張った。いままで、伯爵は、親類の者と言い争ったり、付き合いをしなくなったり、そんなことも、たくさんしてきた。だから、どう答えていいかわからない。けれども、その伯爵に、セドリックはまた続けた。

「その親類でも、おじい様のように親切な人は、ぼく、いっそう好きです。」

伯爵は、くすぐったそうに言った。

「そうか、わしは、おまえにそんなに親切だというのかね。」

「ええ親切ですとも。ぼくの友だちのブリジェットだの、りんご売りのおばあさんだの、ディックなどに、いろいろしてくださったんですもの。」

「それは、なんのことだね。ブリジェットだの、りんご売りのおばあさんだのって。」

「そら、おじい様が、ぼくがしたいことなら、何をしてもいいって、そう、おっしゃって、ハビシャムさんに、お金をお渡しくださったでしょう。そのお金で——。」

「ああ、そのことか。あれでおまえは何を買ったんだね。話してみなさい。」

伯爵は、セドリックが、どんなことを楽しみにしているか、これでわかると思って、じっと、見つめて聞いた。でも、セドリックは、いっこう、そんなことに気が付かないで言った。

「あっ、そうそう。おじい様は、まだ、ディックや、りんご売りのおばあさんのこと、知らなかったんですね。おじい様が、こんな遠いところの人だということ、ぼく、忘れていました。その三人は、ぼくの仲のいい友だちなんです。それから、あのマイクルが高い熱を出しましてね。」

「ほう、マイクルって、誰のことだね。」

「ブリジェットの主人なんです。十二人も子どもがあるのに、病気で、働けないんです。ハビシャムさんがおいでの晩にはね、食べる物はないし、家賃も払えないと言って、台所へ来て泣くんでしょう。それで、ぼくが会っていると、ハビシャムさんがぼくをお呼びになって、おじい様から預かってきたって、お金を、ぼくに渡してくださったんです。それで、ぼく、すぐ台所へ持って行ってやったんですけど、初めは、どうしても本当にしなかったんです。でも、本当だとわかって、涙を流して喜びました。おかげで、みんなよくなったんです。おじい様、本当に、ありがとう。」

伯爵は、うなるように沈んだ声で言った。

「ほう、おまえがしたいことっていうと、そういうことなのか。それから、何をしたんだね。」

その間、犬のジュガルは、椅子のそばへうずくまって、二人の話をじっと聞いていた。

この犬は、なかなかえらそうにかまえている犬で、自分が立派なので、ほかの小さなことなど、気にかけないというふうであった。ところがセドリックには、おとなしく、なでられているのだ。それどころか、ますます安心したように、セドリックの膝《ひざ》の上へ、大きな頭をゆったりと乗せたのであった。

セドリックは、小さな手で、新しくできたこの友だちの頭をなでながら言った。

「それから、ディックはね、きっと、おじい様が好きになります。とっても几帳面《きちょうめん》のたちですもの。」

ディックがよく使っていたことばを真似《まね》して言ったので、伯爵には、その意味がよくわからない。セドリックを見つめて言った。

「それは、どういう意味なんだね。」

「はい、つまり、ごまかしたり、小さい子を殴りつけたりしないで、仕事を、一生懸命に、きちんきちんとすることです。ディックは、靴みがきをしているんですが。」

「それも、おまえの友だちか。」

「はい、古い友だちです。ホップスさんほど古くはないけど、船が出るすぐ前に、プレゼント（贈り物）をくれましたよ。ほら、これです。」

セドリックは、ポケットから、赤いハンカチを取り出して、得意そうに広げて見せた。そして言った。

「これなら、首にも巻けるし、ポケットにだって入るでしょう。ぼくが、悪い仲間のジェークから、ディックを別れさせて、新しいブラシなんかを買ってやったので、初めて儲《もう》けたお金で買ってくれたんです。それから、ホップスさんにあげた時計には、ぼく、こんな文句を書いてやりましたよ。『これを見る時には、ぼくを思い出してくれるように。』って。それと同じですね。このハンカチを見て、ぼく、いつもディックのことを思い出すんです。」

ドリンコート城の主人、伯爵は、なんとも言いようのないほど心を打たれた。広い世の中で、いろいろのことを見てきていて、どんなことにも、心を打たれる人ではないのに、今度ばかりは、すっかり、驚いてしまった。

いままで、子どものことなんか、気にもかけなかった伯爵である。自分の三人の子どもさえ、小さかった時にも、かわいいと思ったこともない。ただ、セドリックの父のエロルを、きりっとした勇ましい子だったなと、ときどき思い出すぐらいだった。

大変わがままで、人が親切にし合っているのを見ても、少しも感じないし、楽しくもなかった。だから、気立てのやさしい子どもというものが、どんなにやさしくて、人を憎むことなんか、ぜんぜん知らないものだということなど、ちっとも気が付かなかったのだ。

男の子というものは、どの子もきびしくしておかない限り、食いしんぼうの、手に負えない動物としか思っていない。自分の子どもにも、そう思っていたので、今度の孫にも、同じ気持ちであった。

そのセドリックを、わざわざアメリカから呼び寄せたのは、そうしないと、世間の噂《うわさ》がうるさいからであって、自分の跡を継いで、伯爵になる子が、学問もない、いなか者では、みっともないと思ったからであった。

だから、セドリックを、かわいいと思ったことなど、伯爵はいっぺんもない。それどころか、エロルがアメリカの女と結婚してできた子どもであるから、ろくな子どもではあるまい、と強くそう思っていたのだ。

そこへ、召使が、フォントルロイが来たと、連れて来た時には、悪いところばかりそろっているんじゃないかと、顔を見るのが、恐ろしいほどだった。一人で部屋へ来るようにと言い付けたのも、そのためであった。

本当に、セドリックが、みっともない子で、自分ががっかりした時に、その自分の姿を、誰にも見せたくなかったからであった。だのに、セドリックは、ライオンのような大きな犬を、少しも怖がらないで、手をかけて、一緒にやって来た。伯爵は飛び上がるほどうれしかった。こんなに孫が立派だとは、考えもしなかったからである。伯爵は、まるで夢のようで、また、その子が、あれほど嫌っていたアメリカ女の子どもだ、と思うと、不意打ちをくったように、面くらっているのだった。

それから、セドリックは、おしゃべりを始めた。が、少しもおどおどなどしていない。誰でも、伯爵の前では、どぎまぎするのに、ぜんぜん怖がっていないし、疑ってもいない。図々《ずうずう》しいのではなく、無邪気なのであった。がんこで、気むずかしやの伯爵を、親しい友だちと同じように思って、自分の話を聞いて喜んでいるものと、決め込んでしまっているようなのである。それどころか、孫らしく、おじい様を、喜ばせてあげようと、心がけているようでもあるのが、よくわかるのだった。

もともと、意地悪でがんこな伯爵だけれど、こんなに、心から信用されてしまうと、本当に、うれしくて仕方がなかった。たとえ、相手が子どもでも、こんなに信用されて、話をされてみると、悪い気持ちがしなかった。そこで伯爵は、椅子の背にもたれながら、セドリックに、もっといろいろのことを聞かせてくれるようにと言い、喜んで話すセドリックを、じっと見守って聞いていた。セドリックは、また伯爵に聞かれることには、なんでも、あいそよく答えて、落ち着いて、しゃべり続けた。

　ディックのことも、ジェークのことも、りんご売りのおばあさんのことも、ホップスさんのことも、みんな伯爵に聞かせた。そして、続いて、共和党大会のときの花火や、松明《たいまつ》行列の出る、お祭りの話もし、七月四日の独立記念日の話をしかかった。が、セドリックは、急にその話はふっとやめた。伯爵は、

「どうしたんだね。もっと話さないのかね。」

　そういったが、セドリックは、もじもじしているばかりである。何か思い出したらしく、じっと伯爵を見て言った。

「おじい様。ぼく、その話をすると、きっと、おじい様が、いやだろうと思って、やめたんです。だって、おじい様の親類が、その、アメリカとの戦争に、出かけていたかもしれないし、おじい様だってイギリス人だってことを、ぼく、うっかり忘れていたのです。」

　伯爵は、また、感心して言った。

「何いいよ。誰もわしの親類の者で、その戦争に行った者はいないし、それに、フォントルロイ。おまえも、イギリス人じゃないか。忘れているのかい。」

セドリックは、目をくるくるさせて言った。

「いいえ、おじい様。ぼく、アメリカ人ですよ。」

「違う。おまえは、イギリス人なんだよ。お前のお父さんは、イギリス人じゃないか。」

伯爵は、今度はきびしい声で言った。ちょっと、からかってやるつもりで言ったのだが、セドリックにとっては大変であった。思いがけないことになったので、髪の根元まで、かっと熱くなるような気持ちで言った。

「だって、ぼく、アメリカで生まれたんだもの、アメリカ人でしょう。誰だって、アメリカで生まれたら、アメリカ人じゃありませんか。――おじい様に、口答えしたりしてごめんなさい。」

そして、続けて言った。

「ホップスさんが、そう言ってたんですよ。もしイギリスと、戦争でも起こった時には、ぼくはアメリカ人じゃなくっちゃ、いけないって。」

伯爵のしぶい顔が、このとき苦々しくなった。が、ちょっと笑って言った。

「なるほど、そういうことになるのかな。」

アメリカの国も、アメリカ人も、大嫌いの伯爵だったが、こんなに、一生懸命に言う小さな愛国者がおもしろかった。こんなふうなら、きっと、大きくなったら、よいイギリス人になるだろうと、思うのだった。

そのとき、召使が、夕食ができた、と知らせてきた。

セドリックは、椅子から立ち上がって、伯爵のすぐそばへ行き、痛風で痛む伯爵の足を眺めて言った。

「おじい様。ぼくが、助けてあげましょうか。ぼくに、おつかまりなさい。ぼく、いつかホップスさんが、足の上へ重い樽《たる》をころがして、けがをしたときは、ぼくが、寄りかからせてあげたんですよ。」

そばに立っていた召使は、それを聞いて、つい吹き出してしまうところだった。が、やっとこらえた。ご主人の伯爵の前で笑うことは、無礼であるからである。

伯爵は、勇ましい孫を、頭から足の先まで見下ろして言った。

「できるかい。」

「ええ、できますとも。ぼく、力が強いんですよ。もう、七つだもの。おじい様は、片方に杖《つえ》を突いて、片方をぼくにつかまってください。いつか、ディックだって、感心したんですよ。七つの子どもにしては、力があるって。」

セドリックは、ディックにほめられた力こぶを伯爵に見せようと、固く握った腕を差し上げた。とても、真剣で、真面目《まじめ》である。召使は、また思わず出てくる笑いを抑えるのに困って、じっと、額の絵を見つめて、こらえた。伯爵もおかしかったが、

「よし、そんならやってみい。」

と、言った。


セドリックは、そこで、まず杖を伯爵に渡し、それから、伯爵の立ち上がるのを手伝った。いつもは、この役は、召使がやるのだったが、足の痛む時には、召使は、ひどく叱《しか》り飛ばされたものである。そんなときには、召使は震え上がったものだが、きょうは、足が幾度もきりきりと痛むのに、伯爵は、叱らなかった。セドリックの力が、どのくらいあるのか、試してみたかったからである。


伯爵は、ゆっくりと立ち上がると、セドリックの出した肩に手をおいて、ひと足踏み出した。

「おじい様。ぼく、静かに歩きますから、寄りかかっていらっしゃいね。」

と、セドリックは、赤い顔をして言った。


伯爵は、召使に寄りかかるときは、杖のほうに軽くして、召使のほうへ、重く寄りかかるのだった。ところが、きょうも、同じようにセドリックの力を試しているので、セドリックにのしかかった。セドリックは、このため、二、三歩歩くと、もう胸が、

ドキンドキンとしてきた。けれども、うんと踏んばって、

「おじい様。もっと寄りかかっていいです。そんなに遠くでないのなら、ぼく、大丈夫ですから。」

しかし、もう、フウフウ言っている。食堂までは、本当に、そんなに遠くはないのだが、テーブルの前の椅子までは、セドリックには、ずいぶん遠いように思われた。ひと足ごとに、肩に乗った手は、重くなってくるし、顔はいよいよ、真っ赤になってくる。けれども、セドリックは、やめようなんて思わなかった。頭を上げて、びっこをひいて歩く伯爵を励まして、

「おじい様。立っていると、足が痛むんですか。からしをいれた湯の中へ入れてみたことありますか。アルニカ・チンキっていう薬は、塗るとよく効くそうですね。」

あの大きな犬も、そろそろと付いて歩いて来た。召使は、そのあとから付いて来る。伯爵は小さなセドリックが、あるだけの力を出して、大きな自分を、連れて行ってくれるのを見ると、本当に、変な気持ちになった。

食堂は、これも、大変広くて立派である。伯爵の座る椅子のうしろに、別の召使が一人立っていて、びっくりしたように、伯爵を連れて来たセドリックを見ていた。

やっと、椅子のところへ着くと、伯爵は、セドリックの肩から手をはずして、椅子

についた。

セドリックは、ポケットから、ディックのくれた赤いハンカチを取り出して、額の汗をふきながら、

「どうも、今夜は、あったかいですね。でも、おじい様は、足が悪いんだもの、火がいるでしょうけどね。」

と、いった。

おじい様の近くに火があるので、その火をいらないものと思わせてはいけないと思い、そんなふうに、気を配って言ったのである。

「いや、大変だったね。」

「いいえ、そんなでなかったですけど、少しあったかくなったんです。夏になれば、誰だって暑くなります。」

セドリックの椅子は、伯爵の真向かいのテーブルの、向こう側にあった。肘掛《ひじか》け椅子で、とても大きな大人のものである。椅子ばかりではない。ここにあるものは、なんでもみんな大きかった。天井の高い部屋、大きい飾り、大きい召使、大きい犬、伯爵まで大きくて、セドリックは、自分が本当に小さいことがよくわかった。

けれども、セドリックは、そんなことは少しも気にならなかった。いままで、自分

が、そんな偉い人間だとも、思ったことがなかったからである。しかし、この大肘掛け椅子に座ったときには、さすがにセドリックは、大変小さく見えた。

伯爵は、一人で住んでいるのに、大変贅沢な暮らしをしていた。まもなく、ごちそうが運ばれたが、コップや皿は、ピカピカとまぶしいように光っていて、誰だって、うれしくならない者はないだろう。

ごちそうは、伯爵には、いちばんの楽しみだったので、もし、おいしくなかったら、大変なことである。だから、コックは、びくびくものであった。けれども、今晩のごちそうは、いつもよりおいしいのか、それとも、ほかに何か考えていたためだろうか、大変、ご機嫌がよかった。食事をしながら、じっとテーブルごしにセドリックを見守って、いろいろと、セドリックに話をさせては聞いていた。

伯爵は、いままで、子どものする話を聞こうなどと思ったことは、一度もなかった。けれども、フォントルロイには、本当に、不思議におもしろいところがあるのだ。また、言うままに、小さな肩に頼って連れて来させたところ、最後までがんばったのである。思い出しても、伯爵は楽しくて仕方がなかった。

ふっと、フォントルロイは、伯爵に言った。

「おじい様は、いつでも、小さな冠を、かぶっていらっしゃるんじゃないんですか。」

「ああ、あれは、わしには、似合わないのでな。」

思わず、伯爵は、苦笑いをした。

「でも、ホップスさんは、いつでもかぶっていらっしゃるだろうって、言っていましたよ。けど、帽子をかぶるときには、取るんだろうなって。」

「そのとおりだよ。ときどき脱ぐんだよ。」

そのことばを聞いて、一人の召使が、急に横を向いて、口を手で抑えて、妙な咳払《せきばら》いをした。

セドリックは、先に食事を終わって、大きな椅子にちょこんともたれながら、あたりをぐるりと見回して言った。

「おじい様。とっても立派な家ですね。こんな家に住んでいたら、うれしいでしょうね。ぼく、こんな立派な家、見たことないもの。でも、ぼく、まだ七つだから、ほかにあんまり見たわけではないけど――。」

「じゃ、わしが、この家をうれしがっているとでも、思うのかね。」

「そりゃ、誰だって、そうですよ。ぼくだって、こんな家があれば、大威張りしますよ。何もかもきれいだし、お庭の木の葉だって、サラサラと音をたてていて――。」

けれど、ちょっと口をつぐんでから、なにか言いたそうに向こうを見て、

「だけど、たった二人きりで暮らすのには、あんまり大きすぎますね。」

と、言った。

「そう思うかね。ちょうどいいじゃないか。」

「いいえ、ぼくは、あんまり仲がよくない二人が住んでいるんだったら、ときどき、さびしくなるんじゃないかしら、と、考えたんです。」

「では、わしはどうじゃな。仲良しになれそうかね。」

「ええ、なれますよ。ぼく、ホップスさんとも、ほんとうに仲がよかったんだもの。ぼくの一番好きな人の次の大の仲良しでした。」

「ほう、じゃ、いっとう好きな人っていうのは誰だい。」

伯爵は、思わずふとい眉毛を、ぴくりとさせて言った。

「はい。それは、ぼくのママです。」

セドリックは、静かに低い声で言った。

　いつもなら、もう、セドリックの寝る時間である。さすがに、セドリックは、この二、三日、ごたごたした暮らしに、少しくたびれてきていたようだった。また、今夜からは、自分と一番仲のいいママが、見守っていてくれないし、別のところで寝るのだと思うと、さびしくもなってきたのだ。

セドリックは、母のことを考えないではいられなかった。そして、考えれば考えるほど、おしゃべりがしにくくなってきて、みんなの食事が終わる頃には、明るかった顔も、わずかではあるがくもってきた。

伯爵も、それに気が付いていた。けれども、すぐに、セドリックは、しゃんと元気を取り戻して、伯爵が、書斎に戻るときも、伯爵の片手を、自分の肩へ乗せて行った。でも、今度は、召使も、反対側に付き添っているので、前ほど、重くはなかった。

召使が引き下がって、伯爵と二人きりになると、セドリックは、ストーブの前の、毛皮の敷物の上に座って、ジュガルの耳をなでながら、ストーブの燃える火を見ていた。

ふと、伯爵は、セドリックが、何か考えているに違いないと思った。そっと、ため息までついている。そこで、伯爵は聞いた。

「フォントルロイ。何を考えているんだね。」

セドリックは、一生懸命に、笑い顔を作って言った。

「はい。大好きなママのことを、考えていたんです。部屋の中を、あっちこっち散歩したら、気分が楽になるかもしれません。」

そして、立ち上がると、小さなポケットに両手を突っ込んで歩き始めた。足元はしっかりとしてはいるが、いつか、目はうるんで、唇をかみしめていた。ジュガルも立ち上がって、落ち着かない様子でセドリックのあとから付いて歩いた。

　セドリックは、片手をポケットから出して、ジュガルの頭に置いて言った。

「お前は、本当にいい犬だね。ぼくの友だちだね。ぼくの気持ち、よくわかるだろう。」

　伯爵がそれを聞いて、言った。

「どんな気持ちがするんだね。」

　伯爵は、セドリックが、しきりにさびしがっているのを見ると、あまりいい気持ちがしなかった。けれども、セドリックがそれをうんとこらえて、気張っているようなのを見ると、うれしくて、頼もしくなった。

「こっちへおいで。」

　そこで、セドリックは、そばへ行ったが、セドリックの茶色の目は、大変困っているようだった。

「おじい様。ぼく、いままで、一人で、一度もよそへ泊まったことがないんです。だのに初めて、しかもお城へ一人で泊まるんですもの。気持ちが変でしょう。けど、ママは、そんなに遠くにおいでになるわけじゃないし、ママだって、そのことを、よく覚えておいでって、言ったんだもの。元気を出さなくちゃ。それに、ぼくもう七つだし、ママがくださった写真だって持っていて見られるんだもの。」

そして、ポケットから、すみれ色の、ビロードをはった小箱を出して言った。

「おじい様。ほら、これですよ。ばねを押すと、ポーンと開いてね。中に、ママが入っているんです。」

伯爵の肘掛け椅子へ寄りかかって、見せて、

「ほうら、いるでしょう。」

これには、伯爵は、思わずしかめつらをした。アメリカの女の写真なんか、見たくもなかったのである。しかし、つい見てしまった。でも、箱の中から、見上げているその顔は、なんと、きれいなかわいい顔だろう。それどころか、いま、自分のそばにいる孫と、あまりにもそっくりではないか。飛び上がるほど、伯爵はびっくりして、ドキンドキンする胸を、やっと抑えながら、言った。

「お前は、お母さんが、本当に大変好きらしいな。」

フォントルロイは、目を輝かせて、素直にやさしい声で答えた。

「ええ、大好きなんです。あのホップスさんも、ディックも、ブリジェットも、メアリーも、マイクルも、みんなぼくの友だちだけれど、ママは、その何倍も、何倍も好

きな、大の仲良しなんです。いつでも、二人で、なんでも話し合っていたんです。亡くなったパパだって、ぼくにママを大事にするようにと、言っていらしたし、ぼく、大きくなったら、働いて、ママに、お金を儲けてあげるんです。」

伯爵は、じっとフォントルロイを見つめて、

「ほう、何をして働くんだね。」

と、言った。

「そうですね。何をしようかな。始めは、ホップスさんと一緒に商売をしようか、と思っていたんですけど、大統領にもなりたいな。」

写真を持ったまま、毛皮の、敷物の上へ座って、考えた。

「それなら、おじいさんが、貴族院議員にしてやろうか。」

「そうですね。どうしても大統領になれなくて、その貴族院議員という商売がよさそうなら、ぼく、それでもいいですよ。食料品店は、ときどき、不景気な時もありますからね。」

セドリックは、それから、そのどっちがよいか考えているように、しばらく、燃えるストーブの火を見つめていた。

伯爵も、もうなんにも言わないで、椅子にもたれて、セドリックを眺めている。伯

爵の頭の中には、いままでに考えたこともない、不思議ないろいろの考えが、浮かんでいたのだった。ジュガルは、足をのばして、前足の間に頭をつっこんで眠っている。しばらくの間は、しーんとなってしまった。

こうして、三十分ほど経《た》ったとき、ハビシャムさんが、案内されて入って来た。ところが、部屋の中は、大変静かで、音一つしていない。伯爵が、椅子にかけたままなので、そばへ寄ろうとすると、伯爵が、抑えるように、

「しっ、静かに。」

と、手を上げて言った。そんなつもりではなかったのに、つい、そうしてしまったらしい。静かに眠っている犬のそばでは、フォントルロイ小公子が、巻き毛の頭を、腕に乗せて、ぐっすりと、眠っていたからである。

第六章　伯爵《はくしゃく》と孫

あくる朝、フォントルロイが、目を覚ますと、ストーブの燃える音と、誰かが、ひそひそと話す声が聞こえてきた。フォントルロイは、前の晩、伯爵の部屋から、寝床へ抱かれて連れて行かれたけれども、何も知らなかった。

「ね、ドースンや。気を付けて、めったなことを、小公子様に、申し上げるんではないよ。お母様が、ご一緒でないわけは、なんにも、ご存じないのだからね。決して、申し上げてはいけないよ。」

一人がそう言うと、もう一人の違った声が聞こえた。

「そりゃ、伯爵様のお言い付けなら、なんにも申しませんよ。けれど、わたしのような女中が、こんなことを申し上げては、なんですけれど、きれいで、若くて、夫と別れた気の毒な夫人が、また、お子様にまで、離れてお住まいになるなんて、本当にかわいそうじゃありませんか。わたしなんか、涙がこぼれるほどですよ。それに、フォントルロイ様のおきれいなこと、どう見たって、小公子様として、お生まれになったとしか思えませんわ。ジェームスとトーマスが、ゆうべ、召使部屋へ戻って来ましてね、あんなきりっとした、かわいい小公子様は、生まれてから一度も見たことがないって、言っているんですよ。その小公子様が、わたしたちでさえ、ときどき、くやしくて、腹が煮えくり返りそうに思う伯爵様を、本当に、やさしいおじい様のように思っていなさるんだっていいますからね。ご一緒に、お食事なされても、お行儀がよくって、おかわいらしいことといったら、天使のようだったというんです。そのうちに、呼び鈴が鳴りましたので、わたしも書斎へお伺いしましてね、おやすみになった小公子様を、ここへ、だっこしてお連れ申したんですよ。ところがそのとき、おかわいらしい顔が、ポーッと桜色になっていましてね、ジェームスの肩のところへおつむをお乗せになって、金色の巻き毛が、きらきらときれいで、なんとも言えませんでした。あのような姿は、見たいと思ったって見られるものじゃありませんよ。伯爵様だって、まんざらでもないご様子でね。じいっと、見入っていらして、

『気をつけて、目を覚まさせんようにしろ。』

と、おっしゃっていらっしゃいましたよ。」

そのとき、セドリックは、寝返りを打ってぱっと、目を開いた。見ると、部屋の中

には、女の人が二人いて、花模様の派手なカーテンが掛かり、何もかも明るくいきいきと気持ちがよかった。窓には、つたがからんでいて、カーテンから朝日が差し込んでいる。近付いて来た女の人を見ると、一人は、女中頭のメロン夫人で、もう一人も、親切そうな女の人であった。

「おはようございます。小公子様、よくおやすみになれまして。」

と、メロン夫人が言った。フォントルロイは、目をこすって、にっこりとして言った。

「ああ、おはよう。ぼく、いつここへ来たのかしら。ちっとも知らなかった。」

　すると、メロン夫人が言った。

「そうでございましょうとも。おやすみになっているまま、そっとお連れ申したのでございますもの。ここが、これからずっと小公子様のおやすみなさるお部屋で、この方が、小公子様のお世話をするドースンでございます。」

　それを聞くと、セドリックは、ベッドの上に起き上がって、伯爵にするのと同じように、ドースンに手を差し出して、言った。

「これから、ぼくの世話をしてくれるんですね。ありがとう。ところで、ミス・ドースンなんですか。ミセス・ドースンなんですか。」

　ドースンは、すっかりうれしくなって答えた。

「まあ、ミスもミセスも――、そんなに丁寧に呼んでいただかなくてもよいのでございます。ただ、ドースンってお呼びになってくだされればよいのですの。なんておかわいい小公子様――。もう、お目覚めでしたら、お召し替えをしてさしあげて、お居間でお食事をさしあげますよ。」

「ありがとう。でも、ぼくね、洋服は、自分で着られるんだ。ママに教えてもらったんだもの。だって、メアリーは、せんたくだって、お掃除だって、一人でするでしょう。面倒をかけちゃいけないもの。おふろだって、ぼく、一人で入れるんです。だから、ドースン、手の届かないところだけを、ちょっと見てくれればいいんです。」

　思わず、メロン夫人とドースンは、目を見合わせた。メロン夫人が言った。

「でも、ドースンにおっしゃれば、なんでもいたしますからね。ただ、小公子様が、どうしても、一人で、お召し替えになりたかったら、そうなさってくださいませ。ドースンは、おそばでお手伝いいたしますから。」

「じゃ、ボタンをかけるのは、ちょっとむずかしいから、そのときは頼むよ。」

　こんな具合で、セドリックは、着替えもおふろもすまないうちに、もう、ドースンと仲良しになってしまった。いろいろ、ドースンに身の上のことをたずねた。すると、ドースンは、夫が兵隊で戦争に行って、戦死したことや、息子が船乗りで、長い間航海に出ていたことを話した。息子が海賊や、人食い人種やシナ人やトルコ人も見て来て、珊瑚《さんご》樹《じゅ》や、珍しい貝なども、持って帰って来たから、いつでも見せてあげるというのである。セドリックには、どの話も大変おもしろかった。

ドースンは、また、昔から、子どもの世話ばかりしていて、ここへ来る前は、別の地方の、大きなお屋敷の、ギネス・ボーンという小さなお姫様のお世話もしていたそうである。

「そのお姫様はね、小公子様の親類になりますの。ですから、きっとそのうちに、お会いになれますよ。」

そう言ったので、セドリックは、思わず目を輝かせて言った。

「そうだといいな。女の子って、とてもきれいだし、ぼくは、一人も女の子の友だちがないんだから。」

それから食事をするために、食堂へ行くと、食堂もびっくりするほど大きかった。また、次にも部屋があって、そこもセドリックのものだとドースンは、話して聞かせた。

セドリックは、自分のような小さなものが、そんなに大きな部屋をたくさん持つのは、変だと思って、朝ご飯のテーブルについたとき、ドースンに言った。

「ドースン、ぼくはまだ子どもなんだもの。こんな大きなお城に住んで、こんな大きなお部屋を持つなんて、――ぼくの方が、小さすぎないかしら。」

すると、ドースンは、

「そんなことはございません。小公子様、始めは、そうお思いになるかもしれませんけど、すぐにお慣れになって、お好きになれますよ。こんなにきれいなお城ですものね。」

と、言った。

「そりゃ、きれいはきれいだけど、大好きなママが一緒なら、もっともっと、好きになるんだがなあ。ぼく、毎日ママと一緒に、朝ご飯を食べて、紅茶に、ミルクやお砂糖を入れてあげたり、焼きパンを取ってあげたりしたんだもの。とっても、楽しかったな。」

「そうでしたでしょうね。でも、お城においでになったって、毎日、会いにおいでになって、お話もできるのでございますからね。それに、ほかにも、まだまだ楽しいことがございますよ。そのへんをお歩きになってごらんなさいまし。馬屋の中には、たくさん馬もいます。きっと、小公子様のお気に入りそうな馬もおりますからね。」

セドリックは、いかにもうれしそうな声を立ててこう言った。

「そうなの。ぼくは、馬が大好きなんだ。ジムっていう馬も、大好きだったんだ。ホップスさんの荷車を引く馬でね。きれいで、おとなしくて、ほんとうにいい馬だったよ。」

「まあ、そうでございますか。それじゃ、とにかく、馬屋にいる立派な馬をごらんあそばせ。でも、まだ、次のお部屋は、ごらんになりませんでしたね。」

「何かあるの。」

「はい。お食事がお済みになったら、そのお部屋へご案内をいたしましょう。」

　セドリックは、そう言われると早く見たくなって、急いで食事にかかった。ドースンが、こんなにもったいぶっているんだもの。きっと、次の部屋には、すばらしいものがあるのにちがいない、と思った。

　まもなく、フォントルロイは、椅子《いす》からすべりおりて、

「もう、お腹《なか》がいっぱいです。早く行って見せてちょうだい。」

と、言った。

　すると、ドースンがうなずいて、もっともらしい恰好《かっこう》をして案内に立ったので、いっそう早く見たくて仕方がなかった。

　ドースンが、ドアを開けたとたんに、セドリックは、思わず敷居の上に突っ立って、

目を丸くした。両手をポケットに突っ込み、顔を真っ赤にほてらして、ただ、見とれているばかりであった。

部屋は、いままでの部屋のように、やはり立派で大きかったが、下の部屋にあるような古めかしい家具などは一つもなかった。カーテンも、壁も明るいし、棚には本がいっぱいあった。テーブルの上には、いろんなおもちゃが、山のように置いてある。いつか、見とれていたニューヨークのお店の陳列窓の中に、飾ってあったおもちゃと同じようなものばかりだった。

セドリックは、ため息をついて、

「誰かの、子どもの部屋らしいけど、誰の部屋かしら。」

と、言った。

「さあ、どなたのでしょうね。ずんずんお入りになって、ごらんあそばせ。小公子様。あなた様のお部屋でございます。」

「えっ、ぼくのだって。誰が、ぼくに、どうしてくださったの。」

セドリックには、本当とは思えなかった。やがて、セドリックは、わっと、飛び込むように中へ入って、こう言った。

「わかったよ。わかったよ。おじい様だ。おじい様が、ぼくにくださったんだよ。」

星のように、目を輝かせたので、ドースンも、声をはずませて言った。

「そうでございますよ。小公子様。伯爵様は、小公子様が、機嫌よく遊んでおいでになれば、どんなものでも、欲しいものは、くださるのでございますよ。」

その朝ほど、胸のわくわくする朝はなかった。調べてみる物や、試してみる物が、あまりたくさんあって、一つ見始めると、もう次から次と、夢中になってしまうのだった。

たくさんあるおもちゃは、セドリックが、まだ、ニューヨークを発《た》たない前から、わざわざロンドンから人が来て、セドリックのために、準備したものであった。セドリックは、不思議に思って聞いた。

「ドースン。こんな親切なおじい様を持っている子って、ほかにあるかしら。」

すると、ドースンは、困ったような顔付きになって、どう返事をしていいかわからなかった。

それは、ドースンには、伯爵がそんなにやさしい、立派な方とは思えないからであった。ドースンは、お城へ来てから、まだ、何日にもなっていなかったが、召使たちが、いろいろとこの年取った伯爵のことを噂《うわさ》するのを、何度も聞いていた。

背の高い召使の一人は、こう言っていた。

「本当だよ。わしがいままでお仕えした殿様たちの中で、ここの伯爵様ほど意地悪で、がむしゃらで、癇癪《かんしゃく》持ちで、どうにもならない殿様は、一人もいなかったよ。」

この召使は、トーマスという名前で、伯爵がハビシャムさんに、セドリックを迎えに行かせるときに、伯爵とハビシャムさんの話していることを、そばで聞いていたので、みんなにこう話して聞かせたのだ。

「伯爵様ったらね、『子どもには、なんでもいいから、喜びそうなものを、部屋いっぱい並べてさえおけば、気を取られて、母親のことなんか、忘れてしまうに決まっとるわい。うんと、おもちゃを積んでおけ。』って、話していらっしゃるんだからね。あきれるじゃないか。」

ドースンは、こんなことまで、みんな聞かされていたのだった。

実際は、伯爵は、そんなつもりだったのだが、セドリックの心が、自分の思っていたのと、違うらしいので、よく眠れないくらい、気持ちが、落ち着かなかった。伯爵は、朝、起きてからも、ずっと部屋に閉じこもったきりだった。やっとお昼になって、ご飯を済ませてから、セドリックを呼びにやらせた。

すると、セドリックは、呼ばれるのを待ちかまえていたように、広い階段を駆け降りて、長い廊下をぬけ、目を輝かせながら、入って来た。

「おじい様。ぼく、お呼びになるのを、もうさっきから待っていたんです。あんなにいろいろのものを、たくさん、くださってありがとうございます。ぼく、朝から、ずっと、あのおもちゃで遊んでいたんです。」

「そうか。そんなに、気に入ったかい。」

「ええ、とても、うれしくて、うれしくて、なんとも言えないくらいです。」

そして、赤い頰を、いっそう、赤くほてらせて、言った。

「おじい様。あの中に一つ、野球ゲームがあるでしょう。ぼく、ドースンに教えようとしたんだけど、ドースンは、初めてだから、よくわからないようなんです。女で野球したことがないからでしょう。けど、ぼくの教え方も、よくなかったからかもしれません。でも、おじい様なら、よくご存じでしょう。」

「さあ、それはどうかな。アメリカの野球って、遊びだろう、クリケットのような。」

「そう。ぼくは、クリケットって知らないんですけれど、野球は、ホップスさんが、幾度も見せてくれたんですよ。とても好きでしてね。見るとすぐ夢中になってしまいますよ。それと同じなんです。持って来て、教えてあげましょうか。おもしろいですよ。足の痛いことなんか、すぐ忘れてしまいますよ。——おじい様、今朝は、足、どうなんですか。」

「ああ、あまりありがたくないほうだよ。痛み過ぎるくらいかな。」

「じゃ、忘れられないでしょうね。ゲームのことなんか言ったら、かえってうるさいでしょう。おもしろいですか。うるさいですか。」

「ああ、いいよ。持って来ていいよ。」

と、伯爵は言った。

伯爵が、ゲームを教えてやろうという孫の相手をしようというのだ。セドリックは、うれしかった。すぐに部屋から出て行って、まもなくゲームの箱を、抱えて入って来た。伯爵の口元には、かすかなほおえみが浮かんでいた。

「おじい様。あの小さいテーブル、おじい様の椅子のそばへ、引っ張って来ていいですか。」

「ああ、いいよ。けど、ベルを鳴らしてトーマスを呼べば、トーマスが、ちゃんとしてくれるよ。」

「いいんです。ぼく、一人でできます。重くないんですから。」

「じゃ、持っといで。」

こうして伯爵は、セドリックが熱心にしたくをしているのを見ると、自然と、ほおえみが顔に表れてくるのだった。

セドリックは、小さいテーブルを、椅子のそばに引き寄せて、その上に、ゲームの道具を取り出して、並べた。

「おじい様。やり始めたら、とてもおもしろいですよ。そら、この黒いのが、おじい様のほうで、白いのが、ぼくのほうです。木で作ってあるけど、人間のつもりで、動かすんです。そして、このフィールドをひと回りすると、ホームランで一点。――こうすれば、アウト。――それから、これが一塁で、これが二塁。これが三塁、それからホーム・ベースです。」

夢中で説明をして、本当の試合の時の、ピッチャーや、キャッチャーや、バッターのかまえをして見せたり、ホップスさんと試合を見に行ったときのありさまなどを、おもしろそうに話した。

伯爵は、そのセドリックを見ているだけで、もう、とても楽しかった。その上、勝負を始めてみると、思ったよりおもしろいのだった。セドリックは、すっかり夢中になってしまって、いい球が出たときには、なんともいえないうれしそうな叫びをあげるのだ。ホームランを飛ばしたときの喜び方――。自分がうまく打った時でも、相手がうまくやった時でも、セドリックは、同じように飛び上がって、心から喜んだ。だから、相手をしているものだって、楽しくてならないのである。

もし、一週間前に、誰かが伯爵に、

「伯爵様。あなたは、巻き毛の小さな子どもを相手に、派手な色で塗った板の上で、黒と白とのこまを動かす、子どもの野球ゲームをなさったら、きっと足の痛みを、お忘れになることができますよ。」

と、言ったとしたらどうだろう。たちまちどなりつけられ、震え上がらされたに違いない。

だのに、いま伯爵は、すっかりゲームに気を取られていた。

ドアが開いて、トーマスが、客が来たことを知らせたけれども、ぜんぜん気が付かなかった。

そのお客は、黒ラシャの服を着た、年寄りの、立派な人で、このあたりを受け持っている、モードウントという牧師だった。牧師は、思いがけないこのありさまに、よろよろとして、トーマスにあぶなくぶつかるところだった。

この牧師は、仕事のことで、よく伯爵のお城へやって来ては、保護を受けている伯爵に会った。でも、伯爵に会うほど、いやなことはないと思っていた。いつも伯爵は、自分の偉いことを振り回して、いやがらせばかりやるのだ。伯爵は、教会とか、お情けなどということが大嫌いで、もし、小作人とか、たれかが、貧乏で、病気で困っていて、助けてやってくださいとでも頼もうものなら、たちまち、かんかんになって怒った。

「何を言っているのだ。そんなことは、わしの知ったことじゃない。自分たちが悪いから、そんなことになるのじゃ。」

　まして、悪い足の痛む時などは、そばへも寄りつけないほど、どなりつけた。やっと少しは気分のいいときでも、なんやかやとけちをつけた上で、ほんの少しばかりの金をくれた。しかし、機嫌がよくても悪くても、人を困らせて、文句を言うことには、変わりはなかった。牧師は、いつも、もし自分が牧師でなかったら、うんと伯爵を殴りつけてやりたいとまで思っているほどだった。また、牧師は、伯爵が人に親切にしているのを、一度だって見たことがなかった。

　きょうも牧師は、大変困ったことが起きたから、やって来たのであるが、いつもよりいっそういやな気がしていた。そのわけの一つは、伯爵が二、三日前から、大変痛風の病気が悪くて、ご機嫌がよくないという噂だったからである。

　この噂は、お城にいる一人の女中が、村で、お菓子や針などを売って、小さな店を開いている姉に話し、その姉が、それを店へ来る人たちに話したので、みんなに知れ渡っていた。

姉は、ディブルおばさんと呼ばれていたが、売り台のうしろから、来るお客、お客に、こう言っていた。

「まあ、お聞きなさいよ。お城のトーマスさんが、妹に言ったのを、妹がまた、わたしに教えてくれたんだから、絶対、間違いっこありませんよ。この頃の、伯爵様の、癇癪の起こし方といったら、まるで、雷のようですって。つい、二日前なんか、トーマスさんに、トーストの載せてあった皿を、まっ正面からお投げになったんですって。それでトーマスさんも、もし、ほかに少しでもいいとこがあるとか、一緒に働いている仲間と、気が合うのでなかったら、すぐにでも、おひまをとって出るって言っていたそうですよ。」

また、もう一つのわけというのは、いま、城下町一帯に、大評判になっているセドリックとエロル夫人のことであった。

三男のエロル大尉《たいい》が、アメリカ人の女と結婚したときに、伯爵がどんなに怒ったか、ということ。——そして、三人兄弟のうちで、エロル大尉が一番明るくて、立派で、人に好かれていたのに、アメリカへやられて、アメリカで死んでしまったということ。——また、あとに取り残された気の毒なアメリカ婦人を、たいそう憎んでいて、生まれた子どもまで、ひどく、いやがり、会うつもりなんか、まるでなかったということ――。けれども、それでは跡継ぎがなくなるので、やっと孫を呼ぶことになったが、喜ぶどころか、そんなアメリカ育ちの子どもは、下品で、無作法で、ドリンコート城の恥になるぐらいだとさえ思いながら、待っているということなどであった。

もちろん、これらのことは、傲慢《ごうまん》な伯爵が、自分一人で考えていることだから、人には、わからないはずのことだった。

けれども、召使たちは、いつも、伯爵の顔色に気を付けていて、その不機嫌だったり、ふさいでいたりする様子から、だいたいの見当を付けていた。

その朝も、トーマスは、自分が見てきた伯爵のことを、ジェーンや、料理人や、召使の頭に、こんな具合に話した。

「お殿様は、きょうは、いつもより、ご機嫌が悪いですぞ。エロル大尉の子どものことを、ドリンコートの家柄にふさわしくないものだと考えておられます。だが、それはあたりまえのことじゃありませんか。自分が悪いんですからね。アメリカのような下等な国で、貧乏育ちをした子に、そんないい子がいるわけはないじゃありませんか。」

牧師は、このような噂のアメリカ育ちの子どもが、ゆうべお城へ着いたばかりなのを思い出して、ビクビクしながら、広い並木道を、お城へ向かった。

〝ああ、伯爵の一番いやがっていたことが、その通りになったのだ。いまごろ、下品な、無作法な子どもを見て、伯爵はきっと、がっかりして、気違いのようになって、どなっているにちがいない。こんなところへ、ちょうど訪ねて行かねばならないなんて、わしは、なんと運が悪いのだろう。〟

本当に、めいりそうな気持ちで、牧師は、トーマスさんに案内されて、書斎のドアをあけた。ところが、とたんに牧師は、喜びにあふれる子どもの声を聞いたのだ。牧師はびっくりしてしまった。

「おじい様、それで、ツー・アウトですよ。」

澄んだ、かわいい声で、子どもがかん高く叫んでいた。

見ると、伯爵の長椅子があって、足台があり、その足台の上に、伯爵はちゃんと痛む足をのせて、ゲームをしていた。

一人の子どもが、伯爵の腕と、痛くないほうの足の膝《ひざ》に寄りかかって、頬を真っ赤にして、目を輝かせていた。

「ツー・アウトなんて、おじい様、ほんとうに、運が悪かったですね。」

子どもがまたそう言ったとき、二人は、初めて、誰かが中に入って来ているのに気がついた。伯爵は、いつものくせで、眉《まゆ》をしかめながら、あたりを見回した。けれども、客が誰だかわかっても、伯爵はいつものようには、不機嫌にならなかった。それどころか、かえって穏やかな様子になったので、牧師はますます驚いた。

　伯爵は手を差し出して言った。

「やあ、モードウント。おはよう。わしも、このとおり、ちょっとばかり、新しい仕事を見つけたのでな。」

　そして、左の手を、セドリックの肩に乗せて、体を少し前へ進ませて言った。

「モードウント。これが、今度帰って来た、小公子フォントルロイだよ。——フォントルロイ。こちらは、わしの領地を受け持っているモードウント牧師だよ。」

　伯爵の目は、喜びに光り輝いていた。心の中は、〝わしの跡継ぎには、ほら、こんなに、立派な孫がいるんだよ。〟という気持ちで、いっぱいのようであった。

　セドリックも、牧師の服を着た立派な人を見上げて、手を差し出して言った。

「初めて、お目にかかります。お近づきになれて光栄でございます。」

　セドリックは、むずかしい、丁寧な挨拶《あいさつ》をした。ホップスさんが新しいお得意さんに挨拶するのを、二、三度聞いたことがあったので、それを思い出して言った。牧師さんには、丁寧に挨拶しなければ、いけないと思ったのである。

牧師は、思わずほおえんで、セドリックの顔を見つめたまま、しばらく手を離さなかった。もう、すっかりセドリックが好きになってしまっていた。きりりっとして、かわいい上に、たいへん素直であどけない小公子である。これでは、誰だって、好きにならないではいられまい。どんなおかしなませたことを言っても、心の中から、清らかな真心が、いずみから出る水のようにわき出ているからだ。

セドリックのやさしい心が、みんなの気持ちを明るくしているのであった。

牧師は、セドリックを見ているうちに、すっかり伯爵のことは、忘れてしまっていた。

本当に、世の中で、親切な心ほど強いものはない。その親切を、子どもの心は、かわいく、すっぽりと包んでいるのだ。

「フォントルロイ様。わたくしこそ、お近付きになれて、うれしゅうございます。たいそう、長いご旅行でございましたが、ご無事でお着きあそばしましたことを聞いて、みんな、お喜び申し上げることと存じます。」

「ええ、長かったです。でも、ママと一緒でしたから、ちっともさびしくなかったんです。誰だって、ママと一緒なら、さびしくなんかないでしょう。きれいな船でしたよ。」

「モードウント。さあ、その椅子へ。」

と、いって、伯爵がそのとき、椅子をすすめた。

牧師は腰をおろして、セドリックと伯爵を見つめて、しみじみと言った。

「伯爵様、本当に、心からおめでとうございました。」

けれども伯爵は、いまさら自分がうれしがっているのを見られるのが、てれくさいような気がして、わざと、荒っぽく言った。

「いや、おやじによく似ておるわ。だが、おやじより、ちっとはましな人間になってもらいたいもんだ。ところで、モードウント。なんの用だ。誰か、また、困っているというのかね。」

牧師は、思っていたよりも、伯爵が穏やかなので、ほっとしたが、それでも、少し口ごもって言った。

「はい。実は、ヒギンズ一家のことで、ございまして。エッジ・ファームのヒギンズですが、去年の秋に、ヒギンズが病気をしました上に、子どもまでが、熱病にかかりまして、それはそれは、大変な不幸せ続きです。それで、いろいろなことが、みんな遅れがちになりまして、家賃も払えません。管理をしておりますニューイックからは、払わなければ出て行けと、矢のような、催促です。その上、また、このごろは、ヒギンズの家内が病気で、寝込んでおりますので、どうにもならないのです。伯爵へ、しばらく待っていただけるようにと、わたしから、お願いをしてみてくれとのことなのでございます。しばらく待ってやっていただければ、なんとかできると申しておりますので——。」

すると、伯爵は、少し、不機嫌な様子になって、言った。

「ふん。誰でも、みんな同じようなことを言ってくるわ。」

セドリックは、牧師とおじい様との間に立ってじっと聞いていたが、思わず少し前に進み出た。ヒギンズのことが、大変心配になり出したのだ。子どもは、何人いるのだろうか。熱病のあとは、大変弱っているのではないだろうか、などと、一心に牧師を見つめていた。

すると、牧師は、なんとかして、伯爵に聞き届けてもらおうと、一生懸命に言うのだった。

「ヒギンズは、本当に心がけのよい正直者でございますので——。」

けれども、伯爵は、

「ふん。それどころか、やつは、たちの悪い小作人だよ。いつも、税金をためてばかりいるって、ニューイックが言っておったわ。」

「でも、いまは、大変困っておりますのでなんとか――。大変、家内や子ども思いの男で、そんなことで、もし田畑を取り上げられでもしましたなら、本当に飢え死にしてしまいます。熱病のあとの子どもに、医者の言い付けた食べ物さえ、与えられない始末でございます。医者は、葡萄酒《ぶどうしゅ》や、ごちそうを食べさすようにと言っているのですが、一雫《ひとしずく》の葡萄酒さえ、やれないのです。」

セドリックは、牧師を見上げて、夢中で、言った。

「牧師さん、マイクルも、そうだったんですよ。」

すると、伯爵は、初めて子どもがいたのに気が付いたように、ちょっとびっくりして言った。

「ああ、わしは、ここにおまえがいるのを忘れてしまっていたよ。おまえのような慈善家がいるのをな。――マイクルって、いったい誰だったかね。」

「はい。ブリジェットの主人で、やはり熱病になった人です。それで、ぼくが、おじい様からいただいたお金で、助けてやったんですよ。」

伯爵は、眉を八の字に寄せて、顔をゆがめたが、あまり怖いような顔ではなかった。

そして牧師を眺めて言った。

「こういう子どもは、いったいどんな地主になると思うかね。ハビシャムに、アメリカへ迎えにやるとき、これのしたいことは、なんでもさせてやれと言っておいたんだが、これのしたかったことは、どうも、乞食《こじき》に金をやることだったらしいよ。」

「いいえ、おじい様。乞食とちがいますよ。マイクルは、立派な、れんが作りの職工でしたよ。ほかのみんなも、働いている者たちばかりです。」

真剣なセドリックのことばに、伯爵はまごついた。しまったというふうに、

「いや、その通りだったな。フォントルロイ。みんな立派な、かわら職人や、靴みがきや、りんご売りだったからね。」

そしてしばらく、伯爵は、セドリックを見つめていたが、ふっと、一つの考えが浮かんだ。それは、あまり立派な心から出た考えとは言えないが、悪い心から出た考えでもなかった。

「こっちへおいで。」

セドリックが、痛い伯爵の足に触れないようにして、できるだけ近くに寄ると、じっと、孫を見つめて、伯爵は言った。

「こんなとき、おまえなら、どうするかね。」

牧師は、どうなることかと、思わず、つばを飲み込んだ。もともと、牧師は考えの深い人で、伯爵の領地に住んでいる人たちのことなら、金持ちなのも、貧乏なのも、

正直なのも、不正直なのも、みんな知っていたのだ。だから、いま目の前で、両手をポケットへ突っ込んで、大きな茶色の目を開いている小さな子どもが、いつかは、ドリンコート城の主人になって、大きな権力を持つのだと思うと、どんな答えをするかということが、大変気にかかった。もし、この子の性質が、やさしくなく、素直でなかったら、領地に住んでいるたくさんの人たちは、困るだけでなしに、子ども自身だって、不幸せになるからである。

「フォントルロイ。さあ、おまえなら、どうするか答えておくれ。」

もう一度、伯爵が催促すると、セドリックは、伯爵を、まるで信じきっている仲良しのように、伯爵の膝に手を置いて言った。

「だって、おじい様。ぼく、いまは、こんなに小さくて何もできないけど、大変なお金持ちだったら、追い出さないで、置いてあげます。子どもたちにだって、いろんなものをあげます。」

そして、ちょっと口を閉じると、急にいきいきした顔になって言った。

「でも、おじい様なら、なんでもできますね。」

伯爵は思わず、セドリックの顔をじっと見つめて言った。

「ほう。おまえは、そう思っているのか。」

しかし、伯爵は、少しも不愉快そうではなかった。セドリックが続いて、

「ね、できるでしょう。おじい様。ニューイックって、いったい誰なんですか。」

すると伯爵は、

「ああ、わしのところの管理人だよ。小作人からは、あまり好かれていないようだがね。」

「じゃ、おじい様。いますぐ、そのニューイックに、お手紙おやりになって。ぼく、ペンとインキを持って来ますよ。テーブルの上のゲームの道具は、片付けましょう。」

セドリックは、ニューイックが、伯爵から、小作人にどんなひどいことをしてもよいと、まかせられていたのだとは、もちろん少しも知らなかった。急いで、ゲームを片付けていると、伯爵がためらいながら言った。

「フォントルロイ。おまえ、字が書けるかい。」

「ええ、でも、うまくないんです。」

「いや、ともかく、ペンとインキを、持っておいで。」

牧師は、いったいどうなることかと思ったが、そのうちに、テーブルの上をきれいに片付けたセドリックが、すぐに、紙と大きなインキ壺《つぼ》とペンを持って来た。

「さあ、用意ができました。おじい様。お書きになって。」

けれども、伯爵は、

「おまえが書くんだよ。」

「えっ、ぼくがですか。」

セドリックは驚いて、額まで真っ赤になってしまった。

「ぼくが、そんな大事なことを書いていいんですか。でも、ぼく、誰かに聞かないと、ときどきつづりを間違えるんですもの。」

「なに、そんなことぐらい、わしが、教えてやるよ。ヒギンズは、少しぐらいつづりが間違っていても、文句は言うまい。わしが、慈善家じゃなくて、おまえが、慈善家なんだからな。さあ、インキをつけて。――」

セドリックは、ペンを取り上げ、インキ壺に入れて、姿勢を正して伯爵に言った。

「なんと書くのですか。」

「うん。――『ヒギンズのことは、いまのうちはそのままにしておくように。』――そして、そのあとへ、フォントルロイとサインをしておくのだ。」

セドリックは、もう一度、ペンをインキ壺に入れて付けなおすと、片肘《かたひじ》を、テーブルにかけて書き始めた。なかなか、うまく書けなかったが、一生懸命である。やっと、書き上がったので、少し心配しながら、にっこり笑って、伯爵に差し出した。

「これでいいでしょうか。」

すると伯爵は、手に取って見て、ちょっと口のあたりを、ぴくぴく動かして言った。

「ああ、よかろう。さぞ、ヒギンズが喜ぶことだろう。」

そして、牧師に渡した。牧師があっけにとられながら、受け取って読んでみると、こう書いてあった。

『ニューイックさま。どおぞ、ヒギンズを、そのままにおいてやってください。お願いいたします。　敬白。フォントルロイ』

フォントルロイは言った。

「『どうぞ』というのは、そう書いたほうがいいと思ったんですよ。『敬白』というのは、ホップスさんが、手紙を書くとき、いつも、そう書いていましたからね。ほかに、違ったところないでしょうか。」

「ああ、字引きにあるのと、少しつづりの違った字があるようだな。」

「そうでしょうね。お聞きすればよかったんですね。むずかしい字の時には、そうするのがいいんですね。ぼく、もう一度、書き直します。」

セドリックは、こんどは、注意して、いちいちつづり字を伯爵に聞きながら書いた。こんどは、立派な手紙になった。

「どうも、むずかしいもんですね。考えて書いて、それでいいと思っていても、大変違うんだもの。『どうぞ』は、ど・お・ぞ、かと思っていたら、そうじゃないんですものね。ぼく、ときどき、いやになっちまうんです。」

こうして牧師は、フォントルロイの手紙を持って帰ったが、ほかにもう一つ、持って帰ったものがあった。なんだろうか。それはいままで、ドリンコート城へ来て、一度も持って帰ったことのない『喜び』と『希望』だった。

セドリックは、玄関まで牧師を送って出て、伯爵のそばへ、帰って行った。

「おじい様。もう、大好きなママのところへ行って、いいでしょうか。きっと待っていると思うんですよ。」

伯爵は、しばらくだまっていたが、

「その前に、おまえが見たいと思うものが、馬小屋にあるんだよ。ベルを鳴らしなさい。」

セドリックは、ぽっと、顔を赤くし、はにかんで言った。

「でも、ぼく、ありがたいけど、明日のほうがいいと思うんです。ママ、ぼくが来るのを、いまかいまかと、待っているに違いないんだもの。」

「そうか、それならいい。馬車を言い付けよう。」

そして、無造作に、伯爵は言った。

「見せたいものって、小馬なんだよ。」

「えっ、小馬。誰の――」

「おまえのさ。」

「えっ、二階のいろんな物のように、ぼくの物なんですか。」

「そうだよ。やっぱり見たいだろう。ここへ引いて来させようか。」

セドリックの頬は、うれしくて、すっかり赤くなって言った。

「ぼく、小馬なんかを持てるなんて、ちっとも思わなかったのに。――ママ、どんなに喜ぶかしれませんよ。ほんとうに、おじい様、ぼくになんでもくださるんですね。」

「そうとも、見たいか。」

セドリックは、長いため息をついた。

「ええ、見たいですとも。見たくて見たくて、待ちきれないくらいですよ。でも、時間がないかもしれないな。」

「じゃ、どうしても、きょう、ママに会いたいのかい。明日に延ばせないのかい。」

「だって、ママは今朝から、きっと、ぼくのことばかり考えているし、ぼくだって、ママのことを思っていたんだもの。」

「ほう、そういうわけか。そんなら、ベルを鳴らしなさい。」

こうして、セドリックと伯爵を乗せた馬車は、青葉が覆《おお》いかぶさった並木道を、走って行った。伯爵は、むっつりだまっていたが、セドリックは、しきりに、小馬の話をしていた。どんな色で、どのくらい大きいか。なんという名前で、何がいちばん好きか。また、いま、年はいくつなのか、朝は、何時に起きて見に行ったらいいか、などと言った。

「ママは、おじい様が、こんなに、ぼくに親切にしてくださるのを聞いたら、どんなに喜ぶかしれませんよ。ぼくが、小馬が好きなのを、ママ、よく知っているんだもの。でも、ぼくが小馬を持てるなんて、ママだって、ぼくだって、ちっとも考えなかったんですよ。ニューヨークの五番街に、小馬を持っている子がいてね。毎朝、乗って歩いていたんですよ。ぼく、それが見たくてね。ママとぼく、よく、その子の家の前を通って、見たんです。」

セドリックは、うしろのクッションに、寄り掛かって、うっとりと伯爵の顔を見守って、口をつぐんだが、また、急に言い出した。

「ぼく、おじい様のような人、どこにだっていないと思うんですよ。だって、いつでもいいことばかり、していらっしゃるんだもの。それに、ほかの人のことを考えていらっしゃるでしょう。ママが言ってましたよ。自分のことは忘れて、人のことを考えるのが、一番いいことだって。――おじい様は、そうなんですものね。」

伯爵は、そんないい人にされてしまって、まったくまごついてしまった。返事のしようもないくらいだった。自分に都合のよいことばかり考えてしたことが、子どもの素直な、人を疑わない心で、みんないいことや、やさしいことにされてしまったのだ。こんなことは、初めてであった。セドリックは、また、うっとりとした、あどけない、すずしそうな目で、伯爵を眺めながら言った。

「おじい様は、もう、たくさんの人たちを喜ばせましたね。数えてみましょうか。マイクルと、ブリジェットと、その十二人の子どもと、それからりんご売りのおばあさん、ディックとホップスさんと、ヒギンズさんと、ヒギンズさんの奥さんと子どもと、モードウントさんだって、やっぱりうれしかったでしょうから、モードウントさんもね。それから、小馬やいろんなことで、ぼくの大好きなママも、ぼくも――。これで、いま、ぼく数えてみただけで、もう二十七人いますよ。ずいぶんたくさんだな。こんなに、二十七人にも親切にしてあげて――。」

「ハハハ。それじゃ、このわしが、その二十七人に親切にしたということになるのかね。」

「そうですよ。だって、おじい様が、みんなを、お喜ばせなさったんだもの。」

そして、何度か、言いにくそうだったが、

「おじい様、伯爵のことをよく知らない人は、どうも、考え違いをしているようですよ。ホップスさんもそうでした。ぼく、手紙を出して、よく、本当のことを教えてやろうと思っているんです。」

「そうかね。ホップスさんは、伯爵のことを、どう思っていたんだね。」

「こう言っているんですよ。おじい様、気にかけちゃいけませんよ。伯爵をね、とってもひどい、乱暴な、勝手気ままな人だと思っているんです、人びとを苦しめるね。――だから伯爵なんか絶対自分の店へ一歩も入れてやらないって。でも、ホップスさんは、本当の伯爵を知らないんです。新聞や本だけ読んで、そう思っているんでしょう。おじい様を知っていたら、きっと、考え直しますよ。だから、ぼく、おじい様のこと教えてやるんですよ。」

「ほう、なんといって知らせてやるんだい。」

「おじい様のような親切な人は、見たことも聞いたこともないって。いつでも、人のことばかり考えて、みんなを喜ばせていらっしゃるって。それから、ぼくも、大きくなったら、おじい様のようになりたいって。――」

伯爵は、明るくはりきったかわいい顔を見つめてうなった。

「ほう、わしのようにかい。」

さすがに、伯爵も、年取った額に、ぽっと赤みが差した。けれどもすぐに、目をそらせ、窓の外に繁《しげ》っている、大きなぶなの木を見つめた。セドリックは、謙遜《けんそく》するように言った。

「そうですよ。おじい様そっくりに、なりたいんですよ。ぼく、そんないい人になれるかどうかわからないけれど、やってみるんです。」

馬車は、木が、美しい枝を広げている、見事な並木道を走って行った。金色のような日の光が、緑の葉の間からこぼれている。つりがね草の花が、そよ風に揺れていたり、高いしだが、繁っていたりした。ふかふかとした草の上に、立ったり寝たりしていた鹿《しか》たちが、馬車の音に驚いて、びっくりしたように、大きな目をしてこちらを眺めている。うさぎは跳ねていく。――きじがきれいな羽を広げて、パアッと飛び立った。小鳥のさえずり合っているのも、どれもこれも、みんなきのうよりは、ずっと美しく思われた。

あたりのものがこんなに美しいので、セドリックは、もう、楽しくて仕方がなかった。

伯爵もまた、じっと、窓の外のこのけしきを眺めていたが、伯爵がいま考えていることは、目の前に現われたり、消えたりしているそんなけしきではなかった。いままで、誰ひとりにも、親切なことをしたこともない、自分の一生のことが、思い返されているのだった。

〝わしには、たくさんの財産がある。けれども、本当にわしのことを思ってくれるものは、一人もいない。みんな、わしが怖いからご機嫌を取ってくるのだ。だから、わしが病気になったって、死んだって、誰も、気にかけてくれないに違いない。〟

それから、広びろとした、自分の領地を見渡して、また、こう思った。

〝いったい、わしのこの広い領地は、どれくらいの値打ちがあるのだろうか。また、たくさんの人たちが、この領地に住んでいるが、この人たちの中で、誰か、わしを「よい人」と思っているだろうか。〟

誰ひとり、そんなことを思う者もいない。伯爵は、そのこともよく知っていた。

〝これも、みんな七十年の長い間、わしが、わがままいっぱいに生きてきたからだ。人のことなんか、少しも、考えてもみなかったからだ。〟

ところが、いま、伯爵をいい人と思い込んで、伯爵を、お手本にしたいというのである。伯爵は、いまさらのように、自分のしてきたことを振り返って、心が痛んだ。そして眉をしかめた。

けれども、セドリックは、伯爵が、そんなに眉をしかめているのは、足が痛むからだと思った。それで、そっとしてあげておいたほうがよいと思ってだまっていた。また、次つぎと変わっていく、外のけしきに見とれていた。

やがて、そのうちに、馬車は門を出て、緑の小道をしばらく走って、コート・ロッジに着いた。セドリックは、ついて来た背の高い召使が、馬車の戸を開くと、すぐに、飛び降りた。伯爵は、はっと、気を取り戻して、夢から覚めたように言った。

「もう来たのかい。」

「ええ、もう着いたんですよ。さあ、おじい様のステッキ。降りるときは、ステッキを突きながら、ぼくの肩に寄りかかっていいですよ。」

セドリックは、ステッキを渡しながら、声をはずませて言った。が、伯爵は、ぶっきらぼうに言った。

「わしは、降りないんだよ。」

「どうして。ぼくの大好きなママに、会ってくださらないんですか。」

びっくりして言うと、伯爵は、

「うん、ごめんこうむろう。お前が行ってな、新しい小馬でさえ、お前がママのところへ来ることを、止められなかった、と言うがよい。」

「でも、ママが、がっかりしますよ。とてもおじい様に、会いたがっていたんだもの。」

「本当にそうかな。おまえが帰る時には、また、馬車で迎えにくるからな。さあトーマス。ジェフリースに、早く馬車を出すように言え。」

トーマスは、それで、馬車の戸を閉めた。セドリックは、ちょっと、迷っていたが、思い切って、家の玄関へ続く馬車道を駆け出した。すらりとした両足が、まるで飛ぶように駆けて行く。一秒でも早く、母に会いたいのだ。

馬車は、ゆっくりと走り出した。けれども伯爵は、すぐにはクッションにもたれからないで、まだ、その方を眺めていた。

木の間から、家のドアが、いっぱいに、開け広げられたのが見えた。セドリックの小さな姿が、さっと戸口の階段を駆けのぼると、ほっそりと、かわいらしい黒い服の女の人が出迎えた。どちらからも、さっと、飛び付いて、一つになったように見えるほど、セドリックは、固く母の首に取りすがった。きつく、きつく、首を抱いて、美しい若わかしい顔に、ところかまわずに、キスをし続けた。

第七章　教会で何を見たか

次の日曜の朝、モードウントさんの教会へ、たくさんの人が、礼拝に集まって来た。いままで、こんなにたくさん集まったことはなかった。ふだん、あまり説教なんか、聞きに来たことのない人たちまでがやって来た。それどころか、モードウント牧師の受持でない、隣の村の人たちまでが来たのだった。

日に焼けたお百姓や、頬の色のよいおかみさんたちが、一番いい晴れ着をつけて、五、六人ぐらいずつ、子どもを連れて来ていた。

お医者さん夫婦も、仕立屋さんも、薬屋さんの小僧さんもやって来た。一軒から、誰か一人が、必ずやって来ているというあんばいであった。

前の一週間は、どこもかしこも、フォントルロイの評判でもちきりであった。ディブルおばさんの店へは、わざわざ、針を一本、ひもを一筋買いに来て、話を聞きに来る人も多かった。そのため、店の戸につけてあるベルが、鳴り続けてひもも切れそうになっていた。ディブルおばさんは、小公子の部屋には、どんな飾りつけがしてあるとか、新しく買った、おもちゃの値段がいくらだとか、栗毛《くりげ》の小馬には、それにふさわしい馬丁までついているとか、また、銀の馬具までついた、小さな馬車もあることまで、くわしく話した。

　また、小公子の着いた晩に、一目見た、召使たちが、どんな噂《うわさ》をしたかも話した。女中たちが、あんな、かわいい小公子を、奥様のところから、引き離すなんて、かわいそうだと言ったとか、また、あんなかわいい小公子様を、たった一人で、伯爵《はくしゃく》様のところへ置いておいたら、どんな目に遭わされるかしれないなどと、心配したとか、――誰にも彼にも、話して聞かせた。

　そして、こう言った。

「でもね、聞いてくださいよ。トーマスが言っていましたよ。それなのに、小公子様は、なんにも知らないで、伯爵様を、まるで、昔からのお友だちのように思って、にこにことお話しなさっているんですって。伯爵様もさすがにあっけにとられて、じっと見つめていらっしゃったって。それでね、トーマスさんは、あんな悪い伯爵様でも心の中ではうれしくって、自慢顔をしていらしたと言っているんですよ。本当にあんなにかわいい、立派な子どもって、いまどきいないって、言ってましたよ。」

また、ヒギンズが、フォントルロイに助けられた話もした。これは、牧師が、お城から帰って、食事の時に話していたのを、女中が聞いていて、台所で話したので、みんなにわかってしまったのである。

ある市《いち》の日に、ヒギンズは町へやって来ると、みんなから、本当か嘘《うそ》かと聞かれた。ニューイックも、やはり尋ねられた。

「その通りだよ。ヒギンズを、そのまま家から追い出されないようにしてやってくれという手紙に、フォントルロイと、サインがしてあったんだからな。ほら、この通りだよ。見てごらん。」

そして、その手紙を、二、三人に見せた。

もう、百姓のおかみさんたちは、お茶を飲んでいても、買い物をしていても、フォントルロイ小公子様の噂でもちきりである。

日曜日になったので、夫の馬車に乗せてもらったり、歩いたりして、みんな教会へやって来た。誰も、きょう、教会へやって来るフォントルロイ小公子を、見たくて仕方がないのだった。

伯爵は、いままで教会へ出たことはなかった。しかし、どうしたわけか、きょうは、フォントルロイと並んで、ドリンコート家のために作られてある席へやって来るというのだ。

教会の庭にも、小道にも、あっち、こっちに人が集まって、本当に伯爵が、小公子と来るかどうかと話し合っていた。

そのときである。一人の、人のよさそうな女が、大声で叫んだ。

「あっ、あの方が、きっと、小公子様のお母様よ。」

思わず、みんなもふり返って、小道を歩いて来る、すらりとした黒い服の、若い女の人を見た。ベールを上げていたので、美しい顔も、柔らかにうずまいている髪が、小さな帽子の下に輝いているのも、よく見えた。

しかし、エロル夫人は、それらの人のことには、少しも気づかなかった。セドリックのことばかり考えていたのである。毎日、会いに来てくれる時のこと、新しい小馬をもらったのが、とてもうれしくて、きのうは、その小馬に乗って来たこと、しゃんと胸を張って、本当に自慢そうに、うれしそうだったことなどである。でも、夫人は、まもなくみんなが、自分を眺めて騒いでいるのを知った。派手な上着を着たおばあさんが丁寧に、夫人に頭を下げたので、気が付いたのである。

すると、続いて、ほかのおばあさんも、頭を下げて、

「おやさしい奥様に、どうか、お恵みがありますように。」

と、祈ってくれた。男の人たちが、次つぎと帽子を取って挨拶《あいさつ》した。


夫人は、なぜ、みんながそうするのか、初めはわからなかった。しかし、すぐに、小公子フォントルロイの母親だから、そうするのだとわかって、思わず顔が赤らんだ。でも、にこにことして、おじぎをしてくれたおばあさんに、やさしく言った。

「ありがとうございます。」


アメリカの、騒がしい人ごみの町に住み慣れていたので、このように、真心をこめた挨拶をされると、ちょっと、まごつくほどだった。けれども、心の中が、ほのぼのと、あたたかくなるような気持ちであった。夫人が、石造りの玄関から、教会へ入った時、

「そら、おいでだよ。」

と、人びとが、口ぐちに叫んだ。立派な馬に引かれ、背の高い召使の乗ったお城の馬車が角を曲がって、緑の小道へ入って来た。


馬は、止まった。トーマスが駆けおりて、ドアを開けた。すると、黒ビロードの服を着た小さな男の子が、きらきらとした巻き毛を、うしろに波打たせて飛び降りる。

――男も、女も、子どもも、みんないっせいに、その子どもを眺めた。

「おお、あの男の子はエロル大尉《たいい》様そっくりだ。生き写しだ。」

エロル大尉を知っていた者たちは、口ぐちにそう叫んだ。トーマスが、伯爵を助けながら、馬から降ろした。その間、セドリックは、心配そうに、伯爵を見上げながら、日の光を受けて立っていた。伯爵が降りると、すぐに、待ちかまえたように、手を差しのべ、自分の肩を、伯爵に差し出した。まるで、自分が大男とでも思っているように見えた。人びとは、あれほどみんなに恐ろしがられている伯爵が、小公子には、ちっとも怖がられていないことが、初めてはっきりとわかった。

「さあ、おじい様。ぼくの肩に、寄りかかっていらっしゃい。」

伯爵の手を肩に受けながら、うれしそうに、フォントルロイは言った。

「おじい様。みんな、おじい様に会えて、大変喜んでいるようですよ。みんな、おじい様をよく知っているんですね。」

「そうだよ。だからフォントルロイ。お前も、帽子をお取り。みんな、お前におじぎをしているんだよ。」

「えっ、ぼくにですか。」

急いで、フォントルロイは、帽子を取り、目をくりくりさせて、一度に、みんなにおじぎをしようとした。すると、金色の髪の毛が揺れて、いっそう明るく輝いた。

さっき、夫人に挨拶をした、派手な上着のおばあさんが、おじぎをしながら言った。

「小公子様に、神様のお恵みが、ありますように、いつまでも――。」

「ありがとう、おばあさん。」

セドリックは、そう答えてから、礼拝堂へ入った。そして赤いクッションを置いた席に着いたが、その間も、みんなは、フォントルロイから目を離さなかった。

セドリックは、席に着いてから、二つのことを見つけて喜んだ。一つは、母が向こう側の、こちらからよく見えるところに座って、こちらを向いて、笑っていること。そして、もう一つは、自分たちの掛けている、長椅《ながい》子《す》の奥の方の壁に、石できざんだ、昔の人のらしい二人の像があったことである。二人は向き合ってひざまずいていた。二人の間に、やはり石で作った『お祈りの本』が、まるい柱のようなものの上に載せてあって、それに、お祈りをしているのであった。そばの石には、こんなことばがきざんである。

〝ドリンコート伯爵、第一世グリゴリー・アーサーと、その妻、アリソン・ヒルデガードここに眠る。〟

その字は、昔の字なので、いまの字とは、つづりもだいぶ違っていた。フォントルロイは不思議でたまらなかった。思いきって、伯爵の耳元へ、口を寄せて聞いた。

「おじい様。ちょっと、小さな声で、話をしていいですか。」

「なんだね。」

「あの石の像の人たちは誰なんです。」

「お前の先祖だよ。何百年も昔のな。」

「そうですか。それで、ぼくがつづり字を間違えるのがわかりました。ぼく、やっぱり血筋のせいですね。」

セドリックは、その像を、尊敬するように眺めた。それから、いよいよ、礼拝が始まり、賛美歌が始められると、立ち上がって、にこにこしながら、母の方を眺めていた。

セドリックは、音楽が大好きで、母と一緒にたびたび歌ったことがあった。それで、みんなと一緒に歌ったが、その声は、きれいに澄んで、小鳥の歌のように、高く、はっきりと響いた。セドリックは、楽しくって、楽しくって、つい、自分を忘れるほどだったが、伯爵も、孫に見とれて、やはり、自分を忘れるほどだった。セドリックは、大きな賛美歌の本を手に持って、一生懸命に歌っていた。

エロル夫人は、向こう側から、そのありさまを眺めて、胸がいっぱいだった。祈らないではいられなかった。

「どうか、思いがけず、降って湧《わ》いたようなこの子の幸せが、いつまでも、続きますように。――また、この幸せが、かえって、この子の間違いや、災いの元になりませんように――。」

エロル夫人は、本当に心配事が多かった。ゆうべも、夫人は、コート・ロッジの家へ来たセドリックが、帰りぎわに「おやすみなさい。」をする時、きつく、セドリックを抱きしめて、こう言った。

「ね、セデー。わたしは、あなたのために、もっとなんでも勉強をして、いろいろと、教えてあげたいと思っていますよ。でもね、忘れてはいけないのは、親切で、真心を持って、正しいことをしていれば、一生、人を傷つけるようなことはないし、大勢の人だって、助けてあげられるということですよ。ですから、セデーの心がけ一つで、世の中をよくしていくこともできるし、それが一番いいことなんですよ。」

お城へ帰ると、フォントルロイは、母の言ったことを、そのまま、おじい様に話して言った。

「おじい様、そのときね。ぼく、おじい様のことを考えていたんですよ。おじい様がいらっしゃるために、世の中がよくなって、人びともよくなったにちがいないって

――。だから、ママに、ぼくも、おじい様の真似《まね》をするつもりだって言ったんです。」

伯爵は、思わず、少しばかり困ったような顔になった。

「それで、お母様は、なんと言ったかね。」

「ええ、それはとてもいいことだから、なんでも、人のいいところを見て、一生懸命それにならわなくちゃいけないって――。」

いま、教会の席で、じっとフォントルロイを眺めている伯爵は、きっと、このことを、思い出していたのに違いない。カーテンの間から、のぞき見するように、伯爵は、何度も、人びとの頭の向こうに一人で座っているエロル夫人のほうを眺めた。

自分が許さないままに死んでいった息子の愛していた美しい妻の顔――。しかも、その目はいま、自分のそばに座っている孫の目にそっくりなのである。だが、伯爵の心の中は、いまもなお、がんこなのか、それとも少しはやさしく変わってきているのか。――誰にもそれは、よくわからなかった。

伯爵たちが、教会から出ると、礼拝堂に集まっていたたくさんの人たちが、今度は、それを見ようと思って、通りに出て待っていた。門の近くまで来た時であった。手に帽子を持って立っていた一人の男が、ひと足前へ出て、もじもじとしていた。百姓らしい男で、姿はやつれていた。

伯爵は、

「おや、ヒギンズだな。」

と、言った。セドリックは、急いで振り向いて、聞いた。

「あれが、ヒギンズさんですか。」

「そうだよ。きっと、新しい領主になるお前の顔が見たくて、やって来たのに違いないよ。」

すると、その男は、日に焼けた顔を真っ赤にして言った。

「その通りでごぜえます、伯爵様。ニューイック様のお話では、小公子様が、こんなわしのために、親切に取り計らってくだすったということでごぜえました。どうしても、一言、お礼を申し上げたいと思いまして――。」

けれども、ヒギンズは、その小公子が、本当にまだ小さい子どもで、自分の家の不幸せな子どもと同じように、ちっとも威張ってもいないし、あどけない顔で、じっと自分を見上げているのに、すっかり、心を打たれて、驚いてしまった。そして、セドリックに向かって言った。

「小公子様。ほんとうに、ありがとうごぜえました。どうお礼を申し上げてよろしいやら。」

セドリックは、

「いいえ、ぼくは、手紙を書いただけですよ。そうなさったのは、おじい様なんだもの。おばさんは、もうよくなりましたか。」

と、言った。ヒギンズは、いよいよあっけにとられてしまった。どうやら、小公子は、伯爵が親切で、人に好かれていると思い込んでいるらしいのだ。ヒギンズは、どもりがちに言った。

「はい。家内は、小公子様のおかげで、心配がなくなってから、大変よくなってめえりました。何よりも、心配がいけねえんで。」

「それはよかったね。おじい様は、あなたの子が熱病だっていうので、とても、気の毒がっていらしたんですよ。ぼくは、そのおじい様の、子どもの子どもですよ。知っているでしょう。」

ヒギンズは、あんまりたまげて、気が遠くなりそうだった。伯爵の顔を見ては、悪いような気がして、目のやりどころに困った。だって、伯爵は、自分の三人の子を育てるのに、ちっともやさしいところなど、なかったのだから。第一、子どもたちに会うのが、年に、二、三度ぐらいで、もし子どもが、病気にでもなろうものなら、医者や、看護婦まで見るのがいやだと言って、ロンドンへ逃げて行ってしまうほどだったのだ。こういうことは、領地の者なら、誰でも知っていた。それなのに、小公子からこんなふうに言われたのだから、伯爵は、自分でもなんとも恥ずかしいに違いなかった。太い眉毛《まゆげ》の下で、鋭い目をぎらぎらさせていたが、つい、苦笑いをしながら言った。

「ヒギンズ。その通りだぞ。おまえたちは、わしを見そこなっていたんじゃ。フォントルロイは本当に、わしのことをよく知っておるのだ。わしのことについて、なんでも、本当のことを知りたかったら、これからフォントルロイに聞くがよい。わかったか。──フォントルロイ。さあ、馬車にお乗り。」

そこで、フォントルロイが馬車に乗ると、馬車は、そのまま緑の生垣のある道を走って行った。そして本通りへ出る角を曲がっても、伯爵は、まだ、なんだか、ばつの悪い苦笑いをしていた。

第八章　勇ましい馬のけいこ

日が経《た》つにつれて、伯爵《はくしゃく》は、思いがけないことで、つい、笑うことが多くなってきた。孫と親しくなればなるほど、いままでの渋い笑いが、本当の柔らかいほおえみに変わっていくように思われた。

フォントルロイが来るまでは、伯爵は、一人ぼっちでさびしかった。痛風で足は痛いし、年は七十にもなるし、本当に世の中がいやになっていた。長い年月、わがまま勝手に、おもしろいことや、めずらしいことは、みんなしつくしていた。だから、どんな立派な部屋にいたって、痛む足を、足台の上へ載せて座っているのでは、おもしろくなかった。しかも、びくびくしながらやって来る召使たちを見ると、いっそう叱《しか》り飛ばしたくなるのだった。

もちろん、伯爵は、みんなが自分をいやがっているのを知っていた。たまには伯爵の癇癪《かんしゃく》を起こすのを、おもしろがって、やって来る者もいた。それでも、たいていの客が、伯爵を好きでやって来るのではないことも、自分でちゃんとわかっていた。まだ元気のよいころは、あっちこっちへと、見物旅行に出かけてもみたが、それも本当に楽しかったわけではない。ところが、足が悪くなってからは、それにも出かけられないし、一日中、部屋の中で、本や新聞を相手にしていなければならない。それでいっそう、癇癪を起こした。

セドリックは、そのような時に来たのであった。一目見て、伯爵はすぐに気に入った。セドリックにとっては、何よりも、しあわせなことだった。もし、セドリックの顔形が、みにくかったら、性質がよくっても、あるいは気に入らなかったかもしれなかったのだ。

ところが、セドリックは、姿もよいし、心も立派だった。伯爵は、これこそ、ドリンコート家の血筋の証拠だと、自慢に思った。しかも、セドリック自身は、自分がそんな立派な家の跡継ぎになったことを、よくわからないでいて、自然と、育ちのよいことを思わせるような振る舞いを表わしていたのだ。

いよいよ伯爵は、孫がかわいい。どうやら世の中が明るくなってきたように思われた。ヒギンズを救うのに、わざと、フォントルロイにさせたのも、楽しみの一つだった。

伯爵は、もともとヒギンズが、どんなに困っていようと、かまわなかった。けれども、フォントルロイが、いまのうちから小作人たちに、評判がよくなるのが、うれしかった。孫と一緒に教会へ行った時、待ちかまえていた人たちが、あっと、目を見張ったのも、伯爵には、うれしかった。一人の女などは、こうほめた。

「本当にまあ、頭の先から足の先まで、申し分のない貴族様だわ。」

気位の高い伯爵も、いまは、立派な自分の跡継ぎをみんなに見せびらかせて、自慢にしたくて仕方がなかった。

だから、セドリックが、初めて新しい小馬に乗った時には、足の痛いのも忘れるほど、機嫌がよかった。

馬丁が、見事な小馬を、朝日の差す庭に引き出して来た。馬は、つやつやとした、栗毛《くりげ》の首を、弓のようにくねらせて、しきりに頭を振っている。伯爵は、書斎の窓から、じっとフォントルロイの初めてのけいこを見ていた。小馬といっても、馬である。誰でも、子どもは初めて馬に乗るときは怖がるものだから、フォントルロイも、きっと、怖がるにちがいないと、思って見ていた。

ところが、フォントルロイは、大喜びなのだ。大変なはしゃぎかたで、ゆうゆうと乗り、馬丁のウイルキンスにくつわを取らせて、書斎の前を、何度も行き来したのだ。

これには、ウイルキンスも驚いて、けいこが済んでから、みんなに言った。

「フォントルロイ様ったら、ほんとにきもったまの太い方だよ。教えるんだって、あれなら楽なもんさ。大人だって、初めから、あんなに威勢よく乗れる者はいやしないよ。乗りながらおっしゃるんだよ。『ウイルキンス。ぼく、まっすぐに乗ってるかい。馬の駆けっくらのときにはみんなしゃんと乗っているものだね――。』そこで、わしがな、『小公子様、まるで、矢のようにしゃんと乗っていらっしゃいますよ。』そう言うとね、小公子様がえろううれしがってな、『そうかい。それならいいけど、もしも、曲がったりなんかしたら、すぐ、注意をしておくれよ。』ってさ。」

しかし、セドリックは、いくらうまく乗っていても、馬丁に手綱を取ってもらって、パカパカやっているのでは、おもしろくなかった。それである日、書斎の前を通ったとき、見ている伯爵にこう言った。

「おじい様、ぼく、今度一人で乗ってはいけませんか。それにもっと早く走らせたいなあ。あのニューヨークの五番街の子は、いつも、速足や駆け足をしていたもの。」

伯爵は、目をぱちくりして言った。

「そんなことが、もう、できるのかい。」

「できると思うんです。やってみたいんです。」

「じゃ、ウイルキンス。ともかく、速足で歩かせてみい。」

と、伯爵は、ウイルキンスに、目で合図をした。ウイルキンスはそこで、馬小屋から自分の馬を出して来て、自分がその馬に乗り、セドリックの小馬の手綱を取って言った。

「じゃ、始めますよ。」

　それからしばらくの間、小さなこの乗り手は、一生懸命だった。速足は、静かに歩かせるのと違って、なかなか楽ではなかった。馬の足が速くなるにつれて、だんだんとむずかしくなってくる。セドリックは、つい、ことばをとぎれとぎれにして言った。

「ず、ずいぶん、ゆ、揺れるんだね。そ、そうじゃないかい。お、おまえは、ゆ、揺れないかい。」

「なに、小公子様。すぐ、お慣れになりますよ。あぶみに、しっかり足をつけて、ちゃんとしていてごらんなさい。」

「だ、だって、ぼく、ずっと、そ、そうして、踏んばっているんだよ。」

　セドリックは、揺すぶられたり、跳ね上げられたり、落とされそうになったりで、気持ちはよくないし、息は切れるし、顔は赤くなってきた。けれども、一生懸命につかまって、できるだけ、体をまっすぐにしゃんとしていた。

伯爵が、窓からじっとその様子を見ているとしばらくして二人の乗り手は、木の繁《しげ》みのかげになって見えなくなった。ところが、こんど現われたときには、セドリックが、帽子をなくしていた。でも、頬をけしの花のように赤くして、唇をきゅっと結びながら、また勇ましく、ポカポカと速足を続けてくるのだ。伯爵はおかしくなって、声をかけた。

「フォントルロイ。ちょっと、止まれ。帽子はどうしたのだ。」

けれども、フォントルロイは、返事をするどころではなかった。ウイルキンスが、自分の帽子に手をかけ、代わって、本当にうれしそうに答えた。

「さっき、お落としになったんですよ。お拾いしようとしましたが、その間も待たないで、お駆けになったんです。」

「あまり怖がらないようだね。」

「ええ、怖いもの知らずのご様子です。これまで、わたしは、ずいぶん、若い方にお教えしましたが、こんなにしっかりした方は、初めてでございます。」

伯爵は、ウイルキンスにではなく、フォントルロイに目をやって言った。

「どうだい。もう、くたびれたろう。降りたくないか。」

すると、フォントルロイは、フーフー言いながら、

「なかなか思ったより揺れますね。ちょっと疲れましたけど、まだ、降りたくありません。早く覚えたいんですもの。帽子はあとで、拾って来ます。」

世界中で、一番賢い人だって、どうすれば、伯爵の機嫌がよくなるか――。その方法を、こんなにうまく教えることはできなかったに違いない。

小馬は、ふたたび、並木道のほうへ、走って行った。伯爵の怖い顔は、ほんのりと赤みが差して、目は、一生に二度とないような喜びの色に輝いていた。

しばらくすると、ふたりは、前よりも早い速足で、馬を駆けさせて来た。帽子はウイルキンスが拾って持っている。セドリックは、やはり帽子なしで、頬をますます赤くして、馬を止めると、フーフー言いながら言った。

「どうです、おじい様。ぼく、やっぱり、速足させたでしょう。五番街の子ほど、うまくはないけど、落ちなかったんですよ。」

この日から、フォントルロイは、ウイルキンスや、小馬と、すっかり仲良くなった。

村人たちは、二人が、広い道や青葉の小道をぬけて、勢いよく馬を飛ばして行くのを、見かけない日はなくなった。百姓の家からは、子どもたちが、勇ましい小公子が、立派な小馬に、しゃんと乗っているのを見ようとして駆け出して来た。小公子は、帽子を取って、振りながら叫んだ。

「いやあ、おはよう。」

ちっとも偉ぶらないのだ。本当にやさしく、たまには、馬を止めて、子どもたちと話もした。ある日、ウイルキンスは、お城へ帰ってから、みんなに話した。

「まったく、きょうは、驚いちまったよ。学校の近くでな、びっこをひいて疲れている子どもに会ったんだよ。すると、小公子様ったら、自分が、馬から降りてね、その、びっこの子を、自分の馬に乗せて、家まで送って行ってやると言って、お聞きにならないんだ。わしは、困ってしまってな。『小公子様。それなら、わたしが降りましょう。』と言うとね、『いや、そんな大きな馬なら、あの子には乗りにくいよ。』って――。その子を、自分の馬に乗せて、自分は歩いて行くんだが、そのとき、両手をポケットへ入れ、帽子をあみだにかぶって、口笛を吹いたり、話しかけたり、まったく平気なもんさ。百姓のおかみさんは、そんなにして帰って来た子どもを見て、驚いたね。目を白黒しているおかみさんに、帽子を脱いで、こうおっしゃったんだよ。『おばさん。おばさんとこの子がね、足が痛いって言うので、連れて帰って来たんです。あんなステッキ一つじゃ歩きにくいですからね。ぼく、おじい様に頼んで、楽に歩ける松葉《まつば》杖《づえ》を、作ってもらってあげますよ。』って。おかみさんは、いよいよきもをつぶしてしまったね。どうお返事申し上げていいかわからないんだ。わしだって、もうちょっとで、吹き出してしまうところだったよ。」

もちろん、伯爵にも、この話をした。ウイルキンスは、怒られやしないかと、びくびくしながら話したが、伯爵は、怒るどころか、大笑いをしてしまった。そして、フォントルロイを呼んで、初めから終わりまで話をさせ、また、大笑いをした。

それから、二、三日後のこと、ドリンコート家の馬車が、びっこの子の家の前で止まった。セドリックが、新しい松葉杖を担いでおり、出迎えたおかみさんのハートルに渡しながら言った。

「おじい様が、よろしくっておっしゃっていましたよ。これ、あの子にやってください。前よりも楽になりますよ。」

そして、馬車に戻って来ると、伯爵に、

「おじい様からも、よろしくって、言っておきましたよ。そのとき、おばさんなんとも言わなかったけれど、きっと、言うことを忘れたんでしょうね。それで、いいんでしょう。」

伯爵は、また笑った。そして、別に悪いとは言わなかった。

こうして、伯爵と、セドリックは、一日一日と親しくなっていった。セドリックは、おじい様をいよいよ、親切な情け深い人間だと思った。フォントルロイが、何かして欲しいと思っているとまだ頼まないうちに、ちゃんと伯爵の方からしてくれるのだ。あまりたくさんしてもらって、セドリックは、好きな品物が、いまは山のようにあったし、したいことはなんでもできた。

こんな子どものしつけ方は、ほんとはよくないに違いない。けれどもセドリックは、少しも悪くならなかった。コート・ロッジの母が、しっかりと、やさしく、見守っていてくれるからである。一番仲良しの母は、小公子が、会いに行くたびに、いろいろと話をしてくれた。頬に、あたたかいキスもしてくれるし、帰る時には、きっと、何かしら、清らかな、ためになるお話をしてくれた。

しかし、幼いセドリックに、たった一つだけ、不思議に思うことがあった。セドリックは、そのことで大変悩んでいたのだが、誰も悩んでいるとは、知らなかった。伯爵だって、こればかりは、ぜんぜん気が付いていなかった。それは、伯爵が、母に、決して会おうとしないことだった。

ドリンコート家の馬車が、コート・ロッジの母の家の前に止まった時でも、めったに、伯爵は、馬車から降りなかった。教会へ、伯爵が行った時でも、セドリック一人が、入り口で母と話をするだけだった。それでいて、母のいるコート・ロッジへは、毎日のように、お城から、果物や花などが届けられるのだった。

しかし、一度だけ、伯爵が、母にこんなに親切なのかと、思わせたことがあった。それは母が、女中も連れないで、教会から歩いて帰った、あの初めての日曜日からまもなくのことであった。一週間ほどして、セドリックが、母のところへ行こうとすると、いつもなら、二頭だての大きな馬車が、玄関で待っているのに、その日に限って、きれいな小さな馬車が、栗毛の見事な馬とともに待っていたのだ。どうしたのかと思っていると、伯爵が、言った。

「フォントルロイ。この馬車はな、お前からお母様への贈り物だよ。いなか道は、とても悪くてね、歩くのは、大変だから。馬や馬車を世話する御者も付けておいたよ。乗って行ってお前からあげておくれ。」

フォントルロイは、あまりうれしくって、どんなに喜んでいいかわからなかった。コート・ロッジに着くまで、じっとしておれないぐらいで、馬車が庭へ着くなり、飛び降りて、ばらの花を摘んでいた母に、飛び付いて言った。

「ママ、ぼくの大好きなママ。本当だと思う。この馬車は、ママの馬車なんだよ。おじい様が、ぼくから、ママへの、贈り物にするんだって。ママ、これから、どこへでも乗って行けますよ。さあ、乗ってごらん。」

母も、なんと言っていいかわからなかった。自分をまるで、かたきのように思っている伯爵が贈ってくれた物なのだ。といって、受け取らなかったら、こんなに喜んでいるセドリックを、どんなにがっかりさせるだろう――と、思うと、母は、切りかけたばらを手に持ったまま、仕方なく、馬車に乗った。セドリックは、もう、胸がはち切れるほどうれしくて、母といなか道を、あっちこっちへと乗り回った。

フォントルロイは、乗っている間、おじい様がどんなにやさしくていい人か、ということを話し続けた。無邪気なその話しっぷりに、母は、つい、ふっと、笑わされてしまうのだった。セドリックは、人に好かれない伯爵のよいところだけを、見ているのだった――。母は、大変うれしくなって、思わず、きつくセドリックをだきしめてしまった。

そのあくる日、フォントルロイは、ホップスさんに手紙を書いた。あまり長い手紙なので、下書きができると、伯爵のところへ持って行って、見てもらった。

「おじい様、つづりがよくわからないんです。間違ったところを、教えてください。ぼく、書き直します。」

それは、こんな手紙であった。

ホップスさん。ぼくのおじいさまのことをおはなしいたします。おじいさまは、たいへんいいはくしゃくで、おなじはくしゃくでもあんなにいいはくしゃくはないとおもいます。わがままもののぼうくんというのはまちがいです。おつきあいなさると、きっとホップスさんも、なかよしのおともだちになれるとおもいます。おじいさまのあしは、つうふうしょうというびょうきになっていて、たいへんいたいそうです。でも、おじいさまは、じっと、がまんしています。ぼくは、だんだんおじいさまがすきになっていきます。だって、せかいじゅうの人にしんせつなおじいさまでしょう。すきになるのが、あたりまえです。ホップスさんも、ぜひ、おじいさまと、おはなしされたらよいとおもいます。せかいじゅうのことをみんなしっています。けれども、やきゅうだけはしたことがないので、ぼくが、おもちゃあそびをするときに、おしえてあげました。

おじいさまは、ぼくにこうまをくれましたし、おかあさまに、きれいな小さなばしゃをくださいました。ぼくは、へやが三つあるし、おもちゃだって、やまほどあります。びっくりしたでしょう。ホップスさん。――もっとびっくりしますよ。おしろや、おにわが、とってもひろくてね、まいごになりそうです。ウイルキンスがいっています。おしろのしたには、ろうやもあるんだって――ウイルキンスは、ぼくのばていいなんです。

おにわのものは、なんだってとてもきれいで、びっくりしますよ。おおきなおおきな木があって、しかや、うさぎや、とりもいます。くさむらのうえを、とんでいます。

おじいさまは、たいへんおかねもちです。でも、ホップスさんがいっていたように、いばったりじまんしたりしません。ぼくは、おじいさまといっしょにいるのが、とってもすきなんです。こちらの人たちは、たいへんしんせつで、ていねいでね、ぼくにあうと、ぼうしをとってあいさつをします。おんなの人は、おじぎをします。ときどき、しょうこうしさまに、おめぐみがありますようにって、いいます。

ぼく、もう、うまにのれます。でもはじめ、はやあしでかけたときには、ゆすぶられました。おじいさまは、びんぼうで、やちんをはらえない人には、いえをおいださないで、おいてあげています。つかいのメロンさんが、そこの子どもたちに、ぶどうしゅや、いろんなものを、もっていきました。ぼく、ホップスさんにあいたいな。それから大すきなママが、ぼくといっしょに、おしろにいるといいなと、おもいます。けど、よほどさびしいときでなかったら、ぼくはたいへんしあわせです。ぼくは、おじいさまが、だいすきです。だれでもそうです。ホップスさん、すぐに、おへんじをくださいね。

ふるくからのともだち

セドリック・エロルより

それからね、ろうやには、だれもいません。おじいさまは、ろうやへ人をいれて、くるしめたことはないそうです。たいへんいいはくしゃくで、ホップスさんににているとおもいます。みんなからすかれています。

伯爵は、一通り読みおわると、セドリックに言った。

「お母様がいないと、そんなに、さびしいかい。」

「ええ、ぼく、いつだって、ママのことを思っているんですもの。」

そして、セドリックは、伯爵に近寄って、膝《ひざ》の上に手を載せ、顔を見上げながらいった。

「おじい様、ママのこと、なんともお考えにならないの。」

伯爵は、困って、そっけなく言った。

「わしは知らんからな。」

「そうですね。でも、ぼく、それが不思議でならないんですよ。ママはね。ぼくに、そんなこと、おじい様に聞いちゃいけないよって、おっしゃるのです。だから聞きませんけど、ぼく、ときどき、とっても、考え込んでしまうんです。不思議で仕方がないんですもの。そんな時、ぼく、毎晩、窓から、コート・ロッジのほうを、見るんです。ママは、ぼくのために、ひとところあかりを付けておいてくださるんです。ずいぶん遠いんですけれど、林のすきまから、ピカピカ光って見えるでしょう。窓のところに、ランプを置いてくださるんです。じっと見ていると、そのあかりが、ぼくに、何か言ってくれているように思えるんです。」

「ほう。なんと言っているんだい。」

「『セデーや。おやすみなさい。今夜も神様が一晩中、あなたを守っていてくださいますように。』って――。一緒にいたときに、いつもママがぼくに言ってくださったのと同じことばなんです。ママは、夜になると、毎晩、そう言ってくださったし、朝になると、『きょうも神様が、一日中お守りくださいますように。』って、おっしゃったんですよ。だから、ぼく、いつだって安心なんです。」

「ほんとうに、その通りだね。」

しかし、伯爵はそう言いながら、鋭い眉毛《まゆげ》をよせて、じっと、フォントルロイを見つめていた。フォントルロイは、おじい様が、どうしてそんなふうにして、何を考えているのかわからなかった。

第九章　貧しい人びとの姿

ドリンコート伯爵《はくしゃく》は、確かに、いままで、考えてみたことのないことを、いろいろと考えてみるようになった。しかも、そのどれも、みんなフォントルロイにつながりのあることばかりであった。

伯爵の性質は、非常に傲慢《ごうまん》で、なんでも、威張りたくてならなかった。ところが、フォントルロイは、どこからみても、申し分のない立派なよい孫であった。おかげで伯爵は、楽しみが一つできた。みんなに、この立派な跡継ぎを見せてやりたくて仕方がないのだ。伯爵が、前に自分の子どもたちのことで、がっかりしたことは、誰でも知っていた。だから、今度は、自分も人もがっかりしない、すぐれた小公子を見せびらかして、威張りたいのである。勝って、得意になったような、いい気持ちである。

一方、また、伯爵は、フォントルロイに、自分がどんなに強い力を持っているかということを知らせてやりたかった。また、自分の位が、どんなに高くて偉いかということも、わからせたいのだ。ほかの人たちにも、これは、はっきりさせておきたかった。

が、そうするには、どんなことをしたら、一番いいだろうか。それをいろいろと考えた。それにつけても、伯爵は、いままで、自分が、あまり勝手なことばかりをしてきていたので、そんなことが、フォントルロイにわかるのが、一番怖かった。何かの折に、ひょっこりと自分が、〝ドリンコートの悪い殿様〟と言われていたのだということを、フォントルロイが知ったとき、フォントルロイは、どんな顔をするだろうか、——それを思うと落ち着かないのだった。

　そのことは、なんとしても、知られたくないと思った。

　しかし伯爵は、フォントルロイのような、立派な跡継ぎができたことが、なんとも、楽しくて仕方がなかった。一緒に遊んでいると、足の痛いのも、すっかり忘れてしまうことが多かった。それどころか、本当に、病気がよくなってきて、医者も驚いたほどであった。きっと、セドリックに気がまぎれて、病気のことを忘れるので、自然と治ってきたのに違いない。

　ある、よく晴れた朝、セドリックが小馬に乗り、もう一人が、大きな灰色の馬に乗って、気持ちよさそうに、朝風を切っていた。

「おや、お供はきょうはウイルキンスさんじゃないのかい。」

村の者が、不思議に思ってよく見ると、その、大きな馬に乗っているのは、なんと、ドリンコート伯爵ではないか。誰も驚いてしまった。足の悪い伯爵が、馬に乗って散歩に出かけようなんて、夢にも思わなかったことだった。

けれども、伯爵を、このようにうまく連れ出したのは、フォントルロイだった。この朝セドリックは、小馬に乗ろうとしながら、ちょっと、つまらなそうに言ったのであった。

「ぼく、おじい様と一緒だったら、本当にうれしいんだがなあ。ぼく、遠くへ行くと、とてもさびしくなるんですよ。おじい様を、こんな広いお城に、一人残して行くんだもの。おじい様も、お乗りになれたら、ほんとにいいんだがなあ。」

それから、すぐ、馬小屋では、大騒ぎが始まった。伯爵が、自分の馬のシーリスに、鞍《くら》を置けと、言い付けたからだ。

それからというもの、毎日のように、シーリスには、鞍が置かれて、伯爵が馬に乗って、フォントルロイと並んで、緑の道や、いなか道をパカポコと行くのが見られた。セドリックは、好きなおじい様と一緒だから、楽しくて仕方がない。二人は、いよいよ、親しくなっていった。

そして、いつとはなしに、伯爵は、フォントルロイの『大好きなママ』や、その暮らしのことを聞いて、たいへんくわしく知ってしまった。セドリックは、楽しそうに馬を駆けさせながら、元気にあれこれと、母のことをしゃべったのだ。そのとき、セドリックの目は、いつもより、いっそう明るく光った。——伯爵は、こんな無邪気で、かわいい相手はないと、思わないわけにはいかなかった。しゃべるのは、おもにセドリックで、伯爵は、たいていだまって、うれしそうな孫の顔を見つめていた。

ときどき、伯爵は言った。

「フォントルロイ。速足で駆けさせろ。」

セドリックは、すぐ、一人でパカパカッと駆け出して、小馬を飛ばして行った。体をしゃんとさせて——。伯爵はそれを見ているのが、なんともいえないほどうれしかった。

しばらくすると、セドリックは、こんどは、帽子を振りながら、馬を飛ばし、かわいい笑い声をたてて戻って来る。そんな時、セドリックは、伯爵のことを、なんと仲のよい友だちだろうと思った。

こんなことをしているうちに、伯爵は、フォントルロイの母、自分の息子の妻であるエロル夫人が、決して、のらくらしているのではないことがわかった。イギリスへ来て、まだ、何日にもなっていないのに、貧しい人たちが、大変夫人になついているらしいことも知った。

どこかに病人があったり、悲しいことがあったりするとすぐ出かけて行くし、貧乏で困っている家があっても、すぐ、訪ねて行った。そんな家の戸口には、いつも決まって夫人の小さい馬車が止まっていた。

「ね、おじい様、知っていらっしゃる。」

と、あるとき、セドリックは、伯爵に言った。

「誰もね、村の人たちは、ママを見ると、『神様のお恵みがありますように。』って言うんですよ。子どもたちは、大喜びだし、おうちへ裁縫を習いに来る人もあるんですよ。いまは、ママ、大変なお金持ちらしいでしょう。それで、困っている人たちには、助けてあげたいって言っているんですよ。」

伯爵は、自分の跡継ぎの母が、きれいな顔立ちで、公爵夫人だといっても、おかしくないほどなのを大変うれしく思った。その上、夫人が、心もそんなにきれいだと知って、悪い気がしない。孫がその母を、どんなに慕っても、不思議ではなかった。けれども、伯爵は、こんなに自分が好きになった孫を、母に取られているようで、やはり、なんだかねたましかった。伯爵は、自分が誰よりも、一番、フォントルロイに好かれたいと思った。

この日も、伯爵は、孫と馬に乗って出かけた。広い野原の小高いところに登って、遠くは見えなくなるほどのけしきを指さして言った。

「フォントルロイ、この広い土地が、全部わしのものなんだよ。知っているかい。」

「えっ、こんなに広いところを、おじい様が一人で持っているんですか。わあ、すごいなあ。」

思わずびっくりして言うと、伯爵は、

「ところが、フォントルロイ。いつかは、これらも、みんな、お前のものになるんだよ。ほかにも、もっともっとあるよ。」

と、言った。

「えっ、ぼくのにですか。いつです。」

「わしが死ねばだよ。」

フォントルロイは、これを聞くと、思わずじっと伯爵を眺めて言った。

「おじい様。そんなら、ぼく欲しくありません。おじい様に、いつまでも、生きていてもらいたいんだもの。」

「フォントルロイ。お前の気持ちはありがたいよ。でも、いつかは、やっぱり、お前のものになるんだ。お前が、次のドリンコート伯爵なんだよ。」

と、伯爵は、いつものように、そっけない調子で言った。

セドリックは、しばらくじっとだまって、目の前にひろがった、広いけしきを見つめているばかりだった。どこまで続いている野や山だろう。広びろとした平野――。緑の田んぼや雑木林があって、道の両側にはたくさんの家が並んでいた。いかめしい大きなお城が、その向こうに、灰色にそびえていた。

セドリックは、思わず、ふっと小さなため息をした。伯爵が尋ねて言った。

「フォントルロイ。何をそんなに、考えているんだね。」

「だって、ぼくは、こんな広い土地に比べて、なんて小さな子どもだろうって、そう思ったんです。それから、ママのおっしゃっていたことを考えていたんです。」

「ほう、ママは、いったい、どんなことを言っていたんだね。」

「大金持ちというものは、決して楽なものじゃないって。――いろんなものを持っていると、よその人たちの運のよくないことなんか、気にも付かないし、忘れてしまうものだって。だから、お金持ちになったら、よく気を付けて、人のことも考えなくっちゃいけないと言いました。それでぼくがね、おじい様は、大変人に親切だって話しましたらね。それは本当にけっこうなことだ、と言っていました。伯爵というのは、大きな力があるので、もし、自分のことばかりを考えて、下の人のことを考えなかったら、下の人たちは下敷きになるばかりで、どんなに困るかもしれないと言いました。だから、伯爵や金持ちは、しょっちゅう、下の人や困った人のことを考えていなければいけないんですって。でも、おじい様、こんなに広い領地だし、あんなにたくさん、人がいるんだもの、そのように気を付けることは大変でしょう。ぼくが伯爵になったら、どうしたら、あの人たちのことがよくわかるかって、考えていたんです。おじい様は、どんなふうにして、みんなの様子を知っているんですか。」

　しかし、伯爵の知っていることといったら、誰が土地の借り賃を、きちんと払っているか、だれが払っていないかということだけだった。そして、払わない者は、追い出してしまっていたのである。返事に困ってしまって、伯爵は言った。

「それは、ニューイックにまかせてあるんだよ。」

　そして、ひげを引っ張りながら、

「さあ、もう帰ろう。お前が伯爵になったら、わしよりも、偉い伯爵にならなきゃいかんぞ。」

　お城へ馬を進める道でも、伯爵は、ずっとだまりこんでいた。一生の間に、心から好きになったものなど、伯爵には、誰ひとりいなかったのだ。だのに、この小さな孫が、こんなにまでも好きになってしまったことが、不思議で仕方がない。初めのうちは、きりりっとしてかわいいため、自慢したいだけだった。それがいまは、自慢などというような、弱いものではなく、ほかの、もっと強いものが、伯爵を引きつけるのだった。いつでも自分のそばへ置いておき、フォントルロイのかわいい声を聞いているだけで、うれしいのだ。もっと、よく思われたい、そう思うのだった。けれど、そんな自分に気が付いて、ひとりで苦笑いをした。

『わしも、よくよく年をとって老いぼれてしまったな。子どもに戻ってしまったんだ。ほかに、何も考えることがないので、こんなことになってしまったのだろうな。』

と、思った。

　しかし、そればかりでないことも、よくわかっていた。フォントルロイが、自分には備わっていないよいところを持っているからだと思った。嘘《うそ》を言わないし、やさしいし、決して人を悪く思わないし、心から、人を信じ、そして愛しているのだ。

　それから、ちょうど、一週間ほど後だった。セドリックは、母を訪ねて帰って来た。ところが、きょうは大変元気がなく、伯爵のそばの椅子《いす》に座りこんで、じっとストーブの火を見つめていた。何を考えているのだろう。伯爵が不思議に思っていると、しばらくもじもじしていたが、やっと顔をあげて、こう言った。

「おじい様。ニューイックは、みんなのことを、すっかり知っているのでしょうか。」

「ああ、知っているはずだがね。何かあったのかい。」

フォントルロイがこの頃、いろいろと小作人たちにやさしくしてやるのが、伯爵は、楽しくてうれしかった。遊びの最中でも、巻き毛の頭の中で、そんな真面目《まじめ》くさった考えをしているのがうれしいのだ。一度も小作人に親切にしたことのない伯爵は、フォントルロイが、自分に代わってやってくれているように思えて、心から楽しかった。

でも、フォントルロイは、びくびくとおびえたような目で、伯爵を見上げて言った。

「おじい様。村の向こうはずれに、こんなところがあるんですって。ママが見て来たんだから、本当なんです。家がくっつき合っていて、いまにも倒れそうで、見ているだけでも、怖くて、息が止まりそうですって。住んでいる人たちは、みんな、ひどく貧乏で、その上、病気がはやっていて、しょっちゅう、人が死んでいくんですって。そんなふうだと、誰だって悪くなってしまいますよ。ぼくはかわいそうでならないんです。マイクルや、ブリジェットより、もっと、苦しんでいるんですからね。屋根から、雨だって漏るでしょう。大好きなママは、そこの気の毒なおばあさんを見舞いに行ったんですよ。ぼくがコート・ロッジへ行って待っていると、ママがそこから、帰って来たんだけど、涙を流してそのことを話してくれました。」

フォントルロイも、話しながら、涙ぐんでいた。そして、やがてその顔をほおえませて、言った。

「そこで、ぼく、それなら、きっと、おじい様は知っていらっしゃらないんだろうから、話してみてあげるって帰ったんです。おじい様、――おじい様なら、そんな人を、みんな、よくしてあげられるんでしょう。あのヒギンズに親切にしてやってくださったように――。ぼく、おじい様が、きっとよくしてくださるって、ママにそう言ったんです。ニューイックが、きっと、いままで、おじい様にそのことを知らせるのを、忘れたんでしょうね。」

セドリックは、もう、椅子からおりて、伯爵の椅子にもたれかかっていた。伯爵は、じっとその小さな手を眺めた。決して、伯爵は、そのことを、ニューイックから、聞かなかったわけではなかった。何度も、ニューイックから、その、アールス・コート部落のみじめな暮らしを聞かされていた。

家が倒れかかっていることや、下水が詰まっていることや、壁はじめじめして窓は破れっぱなしで、雨漏りの屋根や、ひどい病気のはやっていることも、みんな知っていた。牧師のモードウントさんも、早くなんとかしてやってほしいと言って来ていたのである。でも、伯爵はぜんぜん、そのようなことを取り上げようともしなかった。

足が痛む時などは、すっかり癇癪《かんしゃく》を起こして、こんなふうにどなったことさえあった。

「そんな、アールス・コートのやつらは、早く死んでしまったほうがいいんだ。」

しかし、いま、じっと、膝《ひざ》の上に乗った小さな手をみつめているうちに、伯爵は、そんなことが大変恥ずかしくなってきた。あどけない真剣な目が、心から、心配しているのを見て、伯爵は言った。

「じゃ、フォントルロイ。おまえは、このわしを、立派な家主のお手本にしようというんだな。よろしい。それならわしも、そのようなひどい家は取り壊して、かわりに新しい家を建てよう。取り壊さなくっちゃ、あぶないからね。」

伯爵の手は、幼い小さな手の上に重ねられている。フォントルロイは、目を輝かせて、うれしくてたまらないというふうに言った。

「おじい様、本当によかったですね。きっとママも喜びますよ。明日二人で行って、あぶない家を取り壊させましょうよ。おじい様が、助けに来てくださったのだとわかりますからね。」

伯爵は、椅子から立ち上がって、子どもの肩に手をかけた。

「さあ、外へ行って、テラスを散歩しよう。そしてゆっくり相談をしようよ。」

伯爵の顔には、満足そうな笑いが浮かんでいた。伯爵は、よく晴れた夕方には、いつもフォントルロイと、一緒に散歩することに決めているテラスに出た。その広い石のテラスを行き来しているうちに、ひとりでにほおえみが浮かんできた。何か愉快なことを考え付いたらしく、その手は、いつまでも小さなフォントルロイの肩に置いたままだった。

第十章　驚いた伯爵《はくしゃく》

草原から眺めると、まるで、絵のように見える、小さな村だったが、エロル夫人は、その貧しい人たちの中に入って、何かと、世話をしていた。そのうちに、エロル夫人は、この村には、大変あわれなことの多いことが、わかってきた。遠くから眺めるのと、近くで見るのとは、大変な違いであった。一心に仕事に精を出したら、自然に暮らしが楽になったかもしれないのに、仕事を怠けたために、貧乏になった人たちもたくさんいた。中でも、このアール・ポロ村は、このあたりでも、一番ひどい村だということがわかってきた。

モードウント牧師も、同じようなことを話してくれた。土地の世話をする人は、いつでも、伯爵に都合のよい人ばかりが選ばれて、気の毒な小作人たちが、落ちぶれようと、困っていようと、まるきり、知らん顔であった。だから、だんだん悪くなっていくのは、あたりまえであった。

アールス・コート部落には、倒れかかった家が多く、みじめで無精《ぶしょう》で、病気にかかった人がたくさんいた。エロル夫人は、そこへ行って、びっくりしてしまった。汚くて、貧しいことは、都会よりもいなかのほうがもっとひどいように思われた。しかし、助けてやれそうな気がした。子どもたちは汚くて、ほったらかしにされ、悪いことが平気で行なわれている中で、野放しで育てられていた。それなのに、自分の子があんな立派な城の中で、まるで、王子様のように暮らしているのを思うと、すまないような気がした。いろいろ考えているうちに、夫人は、ふっと、あることを思い付いた。

それは、セドリックが、伯爵に大変気に入られていて、なんでもセドリックのして欲しいことなら、聞いてもらえるということであった。夫人は、セドリックのやさしい心に訴えて、人びとのために、尽くそうと考えたのだった。

〝それが、自分の子を小公子にしている、わたしの務めではないだろうか。〟

そう思って、セドリックに、アールス・コートの話をして聞かせた。セドリックなら、きっと、おじい様に話すだろう。そうしたら、伯爵も聞いてくださるに違いないと思った。

その通りになったのだ。おじい様は、正しい親切なことは、なんでもなさりたいのだと思い込んでいるセドリックは、一生懸命に伯爵に、そのみじめな人たちの話をした。

　すると伯爵は、しばらく考えてからニューイックを呼んで、アールス・コートについて、何か、いろいろと言い付けた。

　今度もまた伯爵は、かわいくてたまらない金髪の孫から、世界中にないほどやさしい、親切なおじい様と、ほめられたのである。

『そんな者たちは、死んでしまえばいいのだ。』とは、今度は、どうしても言えなかった。

　そして、目をぱちくりしているニューイックに、伯爵は言った。

「ともかく、フォントルロイが、そう言っているのだよ。あのみすぼらしいあばら家は、みんな、壊してしまって、新しい家を、建ててやってくれってな。」

　しかし、言い方は、やはり、いつものようにそっけなかった。

「そうすれば、フォントルロイは、貧乏な人たちが、困らないようになる、と思っているのだよ。よいか、村の者たちにはこう言っておくんだぞ。こうしてくださるのも、みんな、フォントルロイ様の、やさしい心のためだとな。」

　セドリックは、そのとき、ストーブのそばの毛皮の敷物の上で、犬のジュガルと遊んでいた。ジュガルは、もうすっかり、セドリックの仲良しで、いつもセドリックのうしろから、大またで歩いていた。馬や馬車で走る時も、うしろからついて行く。伯爵は、ジュガルと遊んでいる孫を、じっと見おろしながら、なんだか胸があたたかくなってきた。

しかし、町の者も、村の者も、あのぼろ家を建て直すという噂《うわさ》を聞いても、誰ひとり本当にはしなかった。

だが、まもなく、工事をする人たちがたくさんやって来て、ぐらぐらしている汚い家を、取り壊しにかかったのだ。みんなは、初めて、親切な小公子フォントルロイのおかげで、こんな幸せがやってきたのだ、ということがわかった。アールス・コート部落の恥さらしのような家がなくなるのである。

フォントルロイの、あたたかく親切な心が、みんなうれしくてならなかった。でも、フォントルロイは、自分が、そんなにほめられたり、噂をされているのを知らなかった。知ったなら、きっとびっくりしたにちがいない。みんなが、『大きくおなりになったら、きっとりっぱな伯爵様におなりになりますよ。』など、言っていることを知ったら。

セドリックは、庭を跳ね回ったり、うさぎを穴まで追いかけたりして、本当に無邪気に遊んでいた。草の上に寝ころがって、伯爵におもしろい本を読んで聞かせたり、また、コート・ロッジの家へ行って、母にも聞かせた。ディックやホップスに手紙を書いて、それぞれその人らしい返事をもらっていた。おじい様と一緒だったり、ウイルキンスをお供にしたりして、馬で乗り出すことも、いっそう多くなった。にぎやかな町を、馬に乗って通ると、みんなが振り返って見た。そんなとき、町の人びとは、帽子を取って丁寧におじぎをして、大変うれしそうな顔をする。しかし、セドリックは、これもきっと、おじい様が一緒なのだから、そうなのだと思っていた。

ある日、セドリックは、おじい様を見上げて言った。

「おじい様。みんなは、おじい様が大好きなんですね。おじい様を見ると、あんなにうれしがっておじぎをするんですもの。ぼくにも、あんなに好きになってくれるといいんだがな。」

そうして、自分がこんなに好かれている伯爵の孫だということを得意にした。

アールス・コートの家を建て直している間、セドリックは、よくおじい様と、馬に乗って、見に出かけた。

小馬から降りて、仕事をしている人たちと仲良しになって、家の建て方や、れんがの並べ方などについて、いろいろと尋ねた。自分は、アメリカの話をして聞かせてやったりした。こんなことを二、三度しているうちに、家の建て方も、れんがの積み方も、すっかり覚えてしまった。そして、帰る道みち、伯爵に言った。

「おじい様、ぼく、こんなこと覚えるのが大好きなんですよ。だって、誰だって、いつどんなことになるかもしれませんものね。」

　こんなにして、二人が帰ってしまうと、仕事をする人たちは、いつも顔を見合わせて、こう、噂をした。

「フォントルロイ様は、本当に変わっているな。あんな子どもって、めったにないよ。はきはき物を言って、心はきれいだし、悪い血筋の中からあんな立派な子は、絶対にできないよ。」

　そして、仕事が終わって、家へ帰ると、誰もまた、おかみさんたちに、その話をした。すると、おかみさんたちもまた、その話をし合う。もう、領地の者で、小公子がかわいくてやさしいことを、聞かない者や、知らない者は、一人もいなかった。がんこな癇癪《かんしゃく》持ちの伯爵の心が、この、やさしい小公子の心で、だんだんとあたためられて、変わってきているのが、みんなにも、わかってきた。

　といって、いったいどのぐらい、老人の気持ちが変わってきているものか、どのぐらい、孫が好きなのか、これは、誰にも、まだ、よくわからなかった。

伯爵は、フォントルロイが立派な青年になっても、やはりいまのように、親切なやさしい心でどこでも友だちをつくってほしいと思った。そのときには、フォントルロイは、いったいどんなことをするだろうか。自分から受け継いだ財産を何に使うだろうか。まるで夢を見ているように、伯爵はそんなことを考えて、うっとりとしていた。ストーブの前に寝ころがって、セドリックが金髪を光らせて本を読んでいるのを、じっと見つめている時など、

「本当にすばらしい子だ。この子は――。何をさせてもできないことはないからな。」

と、つい独り言を言っていた。

しかし、フォントルロイについて、そんなに考えていることを、伯爵は、誰にも言ったことはなかった。

だが、セドリックには、おじい様が自分を愛してくれていて、自分がそばにいると喜ぶのがよくわかってきた。だから、セドリックは、おじい様がいるときは、決まっておじい様の椅子《いす》の近くにいるし、食事の時には、伯爵の真向かいの席に着いた。夕方、テラスを散歩する時にも、並んでいた。そうすると、伯爵が大変喜ぶことを知っていた。

あるとき、セドリックは、敷物の上に横になりながら、読んでいた本から、目を上

げて伯爵に言った。

「おじい様。ぼくが初めてここへ来た晩に、ぼくたち仲良しになれますよ、と、言ったこと覚えていらっしゃいますか。おじい様とぼくほど、仲の良い友だちなんて、どこへ行ってもありませんね。」

「そうだな、ずいぶんと仲の良いほうだろうな。さあ、ちょっと、ここへ来てごらん。」

セドリックが起き上がって、伯爵のそばへ行くと、伯爵は、

「何か欲しい物はないかね。まだ持っていないもので、何か――。」

セドリックは、茶色の目を大きく開いて、ちょっと言いにくそうだったが、じっと伯爵を見つめて言った。

「たった一つあります。」

「なんだね、それは。」

でも、セドリックは、しばらく、また、だまっていた。だって、それは、ずいぶん長い間、たった一人で考え続けていたことであった。もう、胸がいっぱいである。

「なんだね。フォントルロイ、さあ、早く言ってごらん。」

と、伯爵は、また、やさしく言った。セドリックは、思い切って、夢中で言った。

「はい、大好きなママです。」

伯爵は、さすがに、少しどきりとして言った。

「ほう——だが、おまえは、毎日のように会っているんじゃないか。それでも、足りないのかね。」

「でも、前には、いつも一緒にいたんですもの。夜寝るときには、『おやすみなさい。』って、きっと、キスをしてくれましたし、朝起きると、いつだって、おうちにおいででしょう。お話をするのに、待ったり行ったりしなくって、よかったんですもの。」

老人の伯爵の目と、幼いセドリックの目は、しばらくだまって見つめ合っていた。

やがて伯爵が、ちょっと眉《まゆ》をしかめて言った。

「それでは、お前は、お母様のことを、少しの間も忘れたことはないのかい。」

「ええ、ありません、これっぽっちだって——。ママだって、きっとぼくのこと忘れませんよ。ぼくが、おじい様と一緒にいなくなったって、おじい様のこと、決して忘れないのと、同じようにですよ。一緒にいないんだもの、きっと、もっと考えるようになりますよ。」

さすがに伯爵は、その間、じっと孫を見つめていたが、

「そうだろう。そうに違いあるまい。」

と、うなるように言った。

しかし、一方、こんなふうに母のことを話されると、伯爵は、前よりもいっそう、エロル夫人がねたましくなってきた。

それは伯爵が、ますます小公子を愛するようになっていたからである。

けれども、それからまもなくのことであった。伯爵に、突然、大変心配なことが起こった。それは、エロル夫人を、まだ、こんなに、嫌っているのさえ、忘れてしまうほどの、大変な事件であった。

アールス・コートの家ができあがる少し前の晩であった。ドリンコート城では、大宴会が開かれていた。こんな大きな宴会は、お城では本当に珍しいことであった。ハリー・ロリデール卿《きょう》も、二、三日前に、夫人と一緒にお城へやって来ていた。ロリデール夫人というのは、伯爵のたったひとりの妹だが、結婚してから三十五年ぶりで、珍しくやって来たのであった。おしゃべりのディブルおばさんの店では、もう噂を聞きに来る人で、ベルがひっきりなしに鳴っている。夫人は、桃色のほおにえくぼのある、白髪の上品な婦人で、兄の伯爵とお互いに、快く思っていなかった。それどころか、伯爵の悪いところを、はっきりと言って、言い争いをし、結婚してからは、まったく会わなくなっていたのである。

だが、伯爵のよくない噂が、いつも耳に入ってくる。夫人は、それが、いやで仕方がなかった。奥さんを大事にしなかったことや、その奥さんが死んで、三人の子どもたちのうちの兄二人が、だらしなく、みんなから嫌われ者にされていることなども聞こえてきた。ビービスとモーリスという、この二人の上の兄には夫人は会ったこともなかった。

ところが、あるとき、十八歳ぐらいの背の高いきりっとした青年が、ロリデール家へ訪ねて来て、言った。

「わたしは、甥《おい》のセドリック・エロルです。近くまで来たので、お寄りしました。一度、お目にかかりたいと思っておりました。」

ロリデール夫人は、そのとき、この立派な青年を見たとたんに、すっかり、気に入ってしまった。そこで、一週間も家へ泊めてごちそうをし、かわいがって帰したのであった。セドリック・エロルは、大変ほがらかな、きりっとした青年だったので、夫人は、エロルが帰ってからも、ときどき会いたいと思っていた。けれども、とうとう、それっきり会えなくなってしまったのだ。青年が、お城へ帰ってその話をすると、伯爵が、かんかんに怒って、

「もう、ぜったいに、ロリデールの領地へ行ってはいけないぞ。」

と、そう、きつく、止めてしまったのである。

けれども、ロリデール夫人は、いつも、立派だった、その青年の姿を思い出し、行ってはならぬと止めた、兄の伯爵を憎んでいた。そのうちに、エロルがアメリカで、アメリカ娘と結婚したと聞いたのだが、これには、感心しなかった。だが、そのために、伯爵から放り出されて、どうしているのか、わからなくなったと聞いた時には、兄の伯爵に腹を立てた。しばらくして、死んだということがわかって、悲しんでいるうちに、今度は、兄のビービスが、ローマで熱病で亡《な》くなったというのである。そして、アメリカで生まれたエロルの子セドリックが、探し出されて、小公子フォントルロイとして、ドリンコート城へ連れて来られたという噂を聞いたのだった。

夫人は、そのとき、夫のロリデール卿に言った。

「その孫も、きっとほかの子どもたちと同じように、伯爵に、だめにされてしまいますよ。もっとも、その母親が立派な人で、しっかりと教えてやれるくらいの方でしたら、また別ですがね。」

しかし、その母が、フォントルロイから、引き離されて住んでいるとわかった夫人は、物も言えないほど、伯爵に腹が立った。

「ハリー、なんということです。考えてごらんなさい。フォントルロイは、まだ小さい、年のいかない子どもですよ。それを、母の手から離して、悪殿様とまで言われている、自分のところへ引き取って、自分と一緒に暮らさせるなんて、とんでもないことですよ。きっと子どもをいじめぬくか、でなかったら、あべこべに、手がつけられぬぐらい、甘やかすに、違いありません、手紙をやって、忠告してやりましょう。効き目がありますかどうかわかりませんけれど。」

「うん、なんの役にも立つまい。」

「もちろん、わたしも、そう思いますわ。でも、どう考えてみても、ひどいやり方ですもの。」

＊　＊　＊

ところで、小公子フォントルロイの噂は、ますます広がっていって、どこでも、もう、話の種にならないところはなかった。かわいくて、気立てがやさしくて、人から喜ばれていることやだんだんと、伯爵の心を動かすほどになっていることなどが伝わった。

それが、大変身分の高い人の耳にまで、聞こえていって、伯爵の領地のほかの町や村の宴会や、夕食の席でも話の種になった。それらの話の中には、若いきれいな母親が、気の毒だという話も、きっと出た。

また、伯爵の悪い殿様ぶりを知っている人たちの中には、小公子が、伯爵を、ほんとに情け深いおじい様だと思っていることを知ると、腹を抱えて笑う者もあった。

あるとき、アッシェイン・ホールのトーマス・アッシェイン卿が、アール・ポロ村を、馬車で通りかかると、伯爵が、孫と一緒に、馬に乗ってやって来た。卿が、馬車を止めて、

「ドリンコート卿。たいへん顔色がおよろしいですな。病気も、お治りになったご様子で――。」と聞くと、伯爵は、『そんなことよりも、この孫を見てくれ。』というように、威張っていたというのだ。アッシェイン卿は、それがよほどおもしろかったとみえて、誰彼となく、そのときのことをこう話した。

「ご老人ときたら、まったく変わったね。まるで、七面鳥の雄か、天狗《てんぐ》様みたいに、威張ってござったんだからな。――だが、無理もないよ。わしだってあんなにかわいくて、上品な小公子は、見たこともないからな。小馬に乗って、しゃんとしていると

ころなどは、まったく、小さい隊長殿というところだからね。」

こんなふうだから、フォントルロイのことは、なんでも、ロリデール夫人の耳にも入ってくるのだ。ヒギンズにしたことや、びっこの少年にしたことや、アールス・コートでしたことまでも、次つぎとわかってきた。

もう、夫人は、フォントルロイに、会ってみたくてならなかった。でも、どういうふうにして、会ったらよいのだろうか。考えているところへ、いい具合に、伯爵から、宴会を開くからと、思いがけない、招待の手紙が来た。

「本当かしら。信じられないけれど。」

と、夫人は、その手紙を持って、不思議そうに夫に言った。

「フォントルロイが、まるで魔法使のように、いろいろと、変わったことをしているらしいのは、聞いていますが、こんな手紙を、伯爵が、三十五年も憎んでいるわたしによこすなんて、おかしいわ。きっと、自慢のその孫を見せびらかしたいのよ。ともかく、かわいくて、ひとときも、そばから離したくないほどだといいますからね。」

そこで、早速、〝ご招待ありがとう、参ります。〟という返事を出した。

こうしてロリデール夫人は、ハリー・ロリデール卿と、ドリンコート城へ行った。ちょうど夕暮れで、夕日が西に入りかけて、お城を美しく彩《いろど》っていた。夫人が伯爵に会うために、客間へ入った。すると、老伯爵は、ストーブのそばに、のっそりと立っていて、その脇《わき》に、ひだのついた美しいレース・カラーの黒ビロードの服をきた、小さな子が座っていた。まるい顔が、きりっとして、大変かわいく、あどけない茶色の目が、夫人に向けられていた。

とたんに、夫人は驚きとうれしさで、思わずあっと、声を立てるところだった。心が弾んで、強く、兄伯爵の手を握りながら、子どものときに呼び合っていた、なつかしい呼び名で、兄伯爵を呼んで言った。

「モリヌックスにいさん。これがお話の子なの。」

「ああ、そうだよ。コンスタンシァー。――フォントルロイ小公子だよ。」

そして、フォントルロイに向かって言った。

「フォントルロイ。こちらがお前の大叔母様のコンスタンシァー・ロリデール夫人だよ。」

「ごきげんよう。大叔母様。」

かわいい声で、フォントルロイが挨拶《あいさつ》をした。ロリデール夫人は、もう、うれしくてならなかった。フォントルロイの肩に手をかけ、じっとしばらく眺めてから、キスをして言った。

「叔母様はね、亡くなったあなたのパパが、大好きだったのよ。あなたはパパそっくりね。」

あとで、夫人は、伯爵に向かって言った。

「ね、モリヌックス。これでもう、何も言うことはありませんわ。いくら探したって、あんなにかわいい子って、めったにあるものじゃありませんもの。」

「そうだよ。おまえの言う通りだよ。それに、わしを、この上もない、やさしい思いやりの深い人間と、思い込んでいるのだ。本当に見どころのあるやつだよ。それでね、コンスタンシァー、いまにわかることだろうが、わしは、どうも、あの子のことでは、大変な親馬《ば》鹿《か》になりかけているんだよ。」

「聞いておりますわ。しかし、あの子のお母さんは、にいさんを、どう思っているんですか。」

「うん、それは、聞いてみたことはないがね。」

伯爵は、少しまごついた。

「それなら、モリヌックスにいさん。わたしは、初めから、遠慮なしに、言っておきますがね、どうも、にいさんのやり方には、賛成できないんですよ。これで、わたしは、すぐにでもエロル夫人を訪ねて行くつもりですからね。もしそれがいけないなら、いますぐ、そう言ってくださいね。あの子の美しい人柄は、みんな母親のしつけのためだと言われますし、わたしたちのロリデールの領地内でも、大変評判なんですよ。ドリンコートの村の人も、町の人も、まるで、神様かなんかのように、夫人を尊敬していますよ。」

　すると伯爵は、あごで、フォントルロイが、いつも座っているところを、指して言った。

「なに、それは母親でなく、フォントルロイを尊敬しているんだよ。おまえが、行って会いたいというのなら、行ってもかまわないさ。会っていいさ。止めはせん。だが言っておくがね。コート・ロッジから、お城へ連れて来たり、わしに会わせようとしたって、それはだめだよ。」

　ちょっと、苦い顔をしながら、伯爵は念を押した。けれども、ロリデール夫人はあとで、夫のハリー卿に、言った。

「そんなですけど、兄は前ほどエロル夫人を憎んではいないようでしたよ。それに、だいぶ、人柄も変わってきていましてね。きっと、あのあどけない、人なつっこい子どものおかげで、兄も人間らしくなってきたのに、違いありません。だって、フォントルロイといったら、まるで嘘《うそ》のように、兄になついているんですもの。兄の座っている椅子に寄りかかったり、膝《ひざ》にもたれたりして――。兄の本当の子どもたちなら、虎《とら》にでももたれるつもりにならなければ、あんなことはできなかったでしょうにね。」

そして、あくる日、ロリデール夫人は、早速、エロル夫人を訪ねて行った。そして帰って来ると、伯爵の部屋へ出かけて行った。

「モリヌックスにいさん。わたしは、あんなかわいらしい気持ちのよい人には、会ったことはありませんわ。銀の鈴のようないい声をして――。フォントルロイをあんないい子にしたのは、本当に、みんな夫人の手柄ですよ。あんないい人に、お城へ来てもらって、世話をしておもらいにならないなんて、それこそ大間違いですよ。もし、どうしても、コート・ロッジへ置いておきになるというのなら、わたしたちのロリデールへ、来てもらおうかしら。」

「そんなこと言ったって、子どもを置いて、どこへ行くものかね。」

「ええ、あの子も一緒に、連れて行きますから、いいわ。」

フォントルロイを、伯爵がどこへもやりっこないのを、よく知っていて、ロリデール夫人は、笑いながらそう言ったのだ。

ロリデール夫人には、いまは、二人が、どんなに仲がよいか、そして、がんこで冷たい兄の伯爵の希望や、愛情のすべてが、フォントルロイに集まっていることや、また、フォントルロイも、心から伯爵を好いていることなども、大変はっきりとわかってきていた。

ドリンコート城で催される今度の大宴会も、フォントルロイが、噂よりも、もっと、立派でかわいい子どもであることを、伯爵がみんなに見せびらかせ、自慢したいためだとも、はっきりわかってきていた。

そこで、ロリデール夫人は、ハリー卿に言った。

「自分の子のビービスやモーリスは、たいそう評判が悪くて、兄としても、かわいがるどころか、親でありながら、憎んでいるほどだったでしょう。だのに、今度は、大威張りに威張れるんですから、自慢しないではいられないんですよ。」

その通りであった。この大宴会に招待を受けた者で、小公子フォントルロイに、心を動かされない者は、一人もなかった。

いよいよ、晩になって、フォントルロイが、みんなの前に姿を現わした。伯爵が、フォントルロイのそばに立って言った。

「この子は、大変行儀のよい子でして、人の邪魔になるようなことはありますまい。子どもというものは、たいてい、うるさいものでしてな。わしの子どものビービスやモーリスなどは、その上馬鹿でしたよ。だが、この子ときたら、何を聞かれても、はきはきと答え、そうでない時には、だまっていますよ。決して、人の気に障《さわ》るようなことはしません。」

けれども、そう言って、紹介されたフォントルロイは、そんなに長く、だまっているわけにはいられなかった。まもなく、みんなが、何かとことばをかけてきたからである。女の人などは、ちやほやと、フォントルロイをかわいがって、いろいろのことを尋ねるし、男の人たちも、さまざまのことを話しかけて、冗談を言い、ちょうど大西洋を渡った時の船の上と同じようだった。

客の中に、一人、若い立派な貴婦人がいたが、ロンドンであった宴会を済まして、こちらへやって来たということだった。この立派な貴婦人は、それこそ大変きれいで、誰もが思わず心を引きつけられていた。背が高くて、上品で、まっ黒い髪の毛は、柔らかそうだった。目は、すみれ色にぱっちりと大きい。頬と唇は、ばらのような美しい色をしていた。白いドレスを着て、首には、真珠の飾りを付けていた。

男の人たちは、みんなそばに集まって、しきりにご機嫌をとっていた。フォントルロイも、こんな人はきっと王女に違いないと思い、知らず知らず、そばへ寄って行った。

すると、その女の人は、振り返り、にこにことしながら、

「フォントルロイ様、こちらへいらっしゃいな。おや、そんなに、わたしをごらんになって。」

と、言った。セドリックは、

「だってぼく、なんてきれいな人だろうと思って、見ていたんですよ。」

そう言うと、近くにいた男の人たちが、どっと笑った。

「偉いぞ、偉いぞ、フォントルロイ。言いたいことを言えるのはいまのうちだぞ。大人になると、そんなことを言う勇気がなくなるからな。」

セドリックは、不思議そうに、言った。

「だって、こんなきれいな人だもの、誰だって、そう言わないではおれないでしょう。」

「でも、わしたちはそう思っても、そういうわけにはいかないんだよ。」

すると、また、みんな大笑いである。しかし、その美しい立派な婦人、ビビアン・ハーバートは、うれしくてたまらないというふうに、手を差し出して、セドリックをそばへ引き寄せた。

セドリックには、いっそう、その婦人がきれいに見えた。

「フォントルロイ様。あなたはきっと、心の中で考えていらっしゃる通りのことを、おっしゃってくださったのね。なんでも、お考えになっていることを、その通りにおっしゃっていいのですよ。お礼を、申し上げますわ。」

そして、セドリックの頬に、婦人はキスをした。セドリックは、また、あどけない目で、うっとりと婦人を見上げて、

「ぼく、本当に、あなたのようなきれいな方を、見たことがありません。でも、大好きな、大好きなぼくのママは別ですがね。そんなことはもう、決まっているんですからね。ママのようなきれいな人って、ほかに、ぼく、知りませんね。世界中で、一番きれいな人だと思っているんです。」

ビビアン・ハーバートは、それを聞くと、とてもうれしそうな声を立てて、

「ええ、そうですとも――。」

そしてまた、セドリックの頬に、キスをした。

それからミス・ハーバートは、その晩、ずっと、セドリックと一緒だったので、宴会は二人を真ん中にして、ますますにぎやかになっていった。

いつのまにか、セドリックは、みんなに、アメリカのことや、共和党大会のことや、また、ホップスさんや、靴みがきのディックのことなどを楽しそうに話して聞かせていた。そして、しまいには、威張って、ポケットから、ディックがくれた、赤いハン

カチを出して、見せたのだった。

「これが、さっき、お話をしたディックのくれたハンカチなんですよ。今夜はパーティーだから、ぼく、ポケットへ入れてきたんです。こんなところへ持って出たら、ディックがとっても喜ぶと思ってね。」

決して上等なものでなかったが、セドリックはうれしくて大真面目《まじめ》なのであった。誰も、セドリックを、笑うわけにはいかなかった。

「とっても、ぼく、このハンカチが好きなんですよ。ディックは、ぼくの友だちでしょう。」

こんな調子で、セドリックは、ずいぶんと誰彼となく話をした。けれども、伯爵が言った通り、誰の邪魔にもならないし、ほかの人が話をしている時は、静かにひっこんで、だまって聞いていた。ちょいちょい、おじい様のところへ行って、椅子の肘掛《ひじか》けに寄りかかったが、一度は、頬が伯爵の肩にくっついたので、みんな、思わずほほえんでしまった。伯爵も、つい、にっこりした。伯爵は、みんなに二人が、こんなに仲が良いのを、見せることができるのが、たまらなく、うれしかったのだ。

＊　＊　＊

ところで、弁護士のハビシャムさんは、昼過ぎには、もう着いていなければならなかったのに、どうしたわけか、夕方になってもやって来なかった。やっと、夜も遅くやって来たが、こんなことは、ハビシャムさんが、ドリンコート城へ出入りするようになってから、初めてのことであった。あまり遅れたので、客たちは、もう、食堂へ入ろうとしているところだった。伯爵に、挨拶をしようとして、近付いて来たが、伯爵は、その顔を見て、どきりとした。真っ青なのである。急いで来たためなのだろうか。ハビシャムさんは、低い声で伯爵に言った。

「思わぬ大事件が、起こりましたので――。」

どんな事件にも、決してうろたえない年寄りの弁護士なのに、きょうは、すっかり、おろおろしてしまっていた。テーブルに着いたが、ごちそうも、喉《のど》に通らないようで、何か、ほかのことばかり考え込んでいるようであった。

セドリックが入って来ると、ちらちらと眺めたが、その顔が、大変心配そうなので、セドリックも、ハビシャムさんの様子が、どうも変だなと気が付いた。いつ会っても、にっこりとし合うのに、本当に、不思議であった。

実は、バビシャムさんには、どうしても今夜のうちに、伯爵の耳に入れなければならない大事件が起こっていたのだった。この事件から、どんなひどいことが、次つぎに起こって、ドリンコート城が、どんなことになってしまうかもわからないような大事件なのである。

ハビシャムさんは、それを思うと、まだ、何も知らないでいる伯爵や、そばで、にこにことし続けているセドリックを見るだけで、心が震えてきた。この事件を知った時、伯爵はどんなに驚くだろうか。また、かわいいこのセドリックが、どうなってしまうだろうか――。

ハビシャムさんは、テーブルの上へ、たくさんのごちそうが運ばれてきても、目に入らなかった。まるで、夢でも見ているようで、ときどき伯爵が、不思議そうに眺めているのが、わかるぐらいだった。

やがて、食事が終わって、男の人や女の人たちは、食堂から、次の客室へ移って行った。

客が、みんな引き上げるのを待ちかねるようにして、ハビシャムさんは、ストーブのそばの席から離れて、ソファの近くへ寄って、その上に眠っているセドリックをじっと見おろして、目をしょぼしょぼさせた。その姿をじっと見つめながら、思いあまったように、自分のあごをなでた。そのとき、うしろで、

「どうしたんだね、ハビシャム。大変な事件って、いったい何が起こったんだ。」

と、伯爵の声がした。ハビシャムさんは、しきりにあごをなでながら、ソファから離れて、向き直って震え声で言った。

「はい。それがその、大変悪い知らせでございまして、どうしていいことやら。まったくこんなお知らせを、持って来るなんて――。」

伯爵は、さっきから、ハビシャムさんが、セドリックばかりを見つめていて、ふつうではないようなので、気にかかっていたところへ、このことばである。とたんにいらいらとしてどなった。

「なんでお前は、そんなに子どもばかり見つめているんだね。いったいその大事件が、フォントルロイと、何か関係でもあるというのかい。」

ハビシャムさんは、話の糸口が付いたように、一気に言った。

「はい。それが、残念ながら、そうなのでございます。事件全部が、フォントルロイ様のことに関わっているのでございまして――。それで、もし、この事件が本当でしたなら、いま、ここにおやすみになっておいでになるお方は、小公子フォントルロイ

様ではなく、ただ、単に、エロル大尉《たいい》のお子様だということになってしまうのでございます。そして、本当の、ドリンコート城の跡継ぎの小公子フォントルロイ様は、ご長男ビービス様のお子様でありまして、そのお子様は、いま、ロンドンの下宿屋まで参られて、そこに、お泊まりになっているのでございます。」

伯爵もこれには、すっかり驚いた。両手で強く、椅子の腕木を握りしめて、顔をたちまち土色にさせてしまった。額に汗をにじませ、青筋を立て、

「ハビシャム。いったいお前は、何を言っているのじゃ。まさか気でも違ったのじゃあるまい。――それとも、嘘つきの罠《わな》にでも引っかかったのか。」

と、どなった。

「いえ、伯爵。わたしもこれが嘘ならどんなによいかと思います。だが、嘘とは思えないので、わたしも困っているのでございます。

実は、今朝早く、一人の婦人がわたしの事務所へ参りまして、六年前に、ご長男のビービス様と結婚をしたと言って、その結婚証明書まで、持って来て見せたのでございます。結婚をして一年ほどで、二人は仲が悪くなり、別れてしまったが、そのとき五つになる男の子を自分が連れて出た。ところが、自分には学問もないし、身分の低いアメリカ人なので、その子に、どんな権利があるものか、いままで少しも知らなか

った。

そこで、弁護士に相談したところ、自分のその子こそ、ドリンコート城の次の伯爵になる、本当の小公子フォントルロイであることがわかった。と、こう言うのでございます。だから、その権利を、ぜひとも認めてほしいと、こう言って来たのでございます。」

伯爵は、もう、すっかり青ざめていたが、やっと苦々しく、あざ笑いながら言った。

「なんて、その女は、恥知らずのことを言い出したのだ。ならず者のやりそうなことだよ。長男のビービスに掛かり合いさえなければ、絶対に信じはせんが、ビービスのことなら、あるいはそんなことをやるかもしれん。いや、ビービスなら、きっと、やっていそうなことだ。やつは、わしの跡継ぎであったくせに、いつもわしに恥をかかせおったのだからな。弱虫で、嘘つきで――。道理で、その女も、身分の低いアメリカ人だというのじゃな。」

「はい、自分の名前さえ、ろくろく、書けないようでございます。ぜんぜん、学校へは、行っておりませんし――。だが、下品なわりには、姿だけは、きれいな様子をしておりました。」

ハビシャムさんは、何を思い出したのか、それだけ言って、身震いして、そこで話を切ってしまった。

伯爵の額には、もう、冷たい汗が流れていた。ハンカチを出して、伯爵は力いっぱいにふいた。そして、あざ笑うように言った。

「だが、ハビシャム、考えてもみい。わしは、もう一人の女、あんなに立派に、自分の名前どころか、文章の書ける、あの子の母親でさえエロルの嫁として、まだ認めていないんだよ。だのに――。」

いきなり伯爵は、椅子から立ち上がって、ぐるぐると、部屋の中を歩き出した。そして、恐ろしい、激しいことばを、次つぎと吐き散らし、どなっていた。

「いや、わしは、こういうことも起こるのではないかと、実は、心配していたんだ。あいつら、ビービス、モーリス二人の子は、生まれたときから、もう、ひっきりなしに、わしに、恥をかかせ通しだったからな。わしも、二人は嫌いだったし、二人のほうでも、わしをいやがっておったよ。特に、ビービスのほうが、わしを嫌いおったが、そんなならず者の女の申し立てなんかには、絶対わしは負けんぞ。向こうがどうしてもそう言うのなら、こっちも、じゅうぶん調べて戦い抜くばかりだからな。」

伯爵は、いよいよ、ぷんぷん腹を立て、その女のことや、その証拠という物について、いろいろと、ハビシャム弁護士に尋ねた。もう伯爵の顔は、青ざめた色から、むらさき色に変わっていた。

それから伯爵は、ハビシャムさんからすっかり話を聞いたが、聞き終わった時には、さすがに、打ちのめされ、疲れ果ててしまっていた。伯爵には、怒ることが、一番体のために悪いのだったが、きょうの腹立たしさは、その原因が、まことに大事件である。しかも、ただ、怒ってだけいれば、気が済むというのではなかったから、伯爵の体は、疲れて、ぐったりするほどだった。

やっと、よろよろと、長椅子のそばへ行くと、立ちながら、しゃがれ声で言った。

「誰かが、もし、いままでわしに、あなたは子どもを、お好きになれる時がありますよ、と、言ったって、わしは本気にはしなかったろう。どんな子だってさ。第一、わしは、自分の子でさえ、よその子より嫌いだったんだからな。それがどうだろう。いま、わしは、この孫が、かわいくてかわいくて仕方がないのだ。また、この孫の方でも、わしを、本当に好いてくれているのじゃ。わしはいままで、人に好かれたこともないし、好いたこともなかったが、いま、わしは、この子がこんなに好きでならぬのじゃ。

この子は、ちっともわしを怖がらないし、わしを信じてくれているんじゃ。わしの跡継ぎになって伯爵になったら、きっと立派なドリンコートの城主になるに違いない。城の名をあげ、立派な伯爵になることは、間違いないと思っていたのに――。」

年とった伯爵は、腰をかがめて、あどけない姿で、寝息を立てている、かわいい孫の顔を、また、じっと見つめた。

第十一章　アメリカでのみんなの心配

食料品店のホップスさんは、この頃さびしくてならなかった。子どもではあったが、自分の、一番仲良しだと思っていたセドリックが、ドリンコート城へ行って、小公子フォントルロイになってしまったからだ。しかも、セドリックのいるイギリスとの間には、広い大西洋があると思うと、たまらなかった。どうしてもセドリックが、そんな遠くへ行ってしまったような気がしなかった。また、すぐに帰って来るように思われてならなかった。新聞を読んでいるところへ、白い服に赤い靴下、そして、むぎわら帽子をあみだにかぶって、ひょいと入り口に立ち、

「やあ、ホップスさん、こんにちは。ひどく暑いですね。」

と、言って、声をかけるような気がした。

けれども、だんだんと月日が過ぎても、いっこうに、そんなことはないので、ホップスさんは、すっかりぼんやりしてしまった。つまらなくなってしまった。新聞を読

んでも、もう、前ほどは楽しくない。一枚読んだだけで、膝《ひざ》の上に置いて、そばの高い腰掛けを眺めているばかりであった。

この腰掛けの長い脚には、いくつもの傷が付いていた。これは、ドリンコート伯爵《はくしゃく》を継ぐ、フォントルロイ様、セドリックが何度も、足で蹴《け》ったあとである。

ホップスさんは、それを見るたびに、すっかりしょげて、悲しくなってしまった。伯爵になるような小公子様でも、やはり、ここに腰掛けているときは、このように腰掛けの脚を蹴るものらしい。どんなに、血筋や家柄が立派でもこんなことは、誰でも同じらしいなと思うと、いっそうなつかしくなった。

ホップスさんは、たまらなくなって、別れの記念にくれた金時計を取り出して、ふたをあけて眺めては、胸をいっぱいにしていた。

それには、『ホップスさんへ、旧友フォントルロイから。これを見る時には、ぼくを思い出してくれるように。』と書いてある。しばらく、じっと考えていて、それから、ホップスさんは、パチンと音をさせて、時計のふたをしめ、ため息をつきながら、入り口のところへ行き、おもてを見つめた。

また、夜は、店をしまうと、パイプをくわえて、敷石のしいてある道を、気の抜けたような歩き方で、セドリックの住んでいた家の前へ行く。すると、その戸には、

『貸家』と貼《は》り紙がしてあるのだ。じっと、それを眺め、頭を振り、パイプを、スッパ、スッパ吸いながら、しょんぼりと家へ戻って来た。

セドリックが出かけてから、二、三週間は、ホップスさんは毎日このようなことをしていた。何も仕事が手に付かないのだ。もともと、のろまでぐずなホップスさんなので、気分を変えるのにもひまがかかるし、それになんでも、新しいことよりも、古いほうが、好きなたちなので、何か別のことをしようとするのは、気が向かなかった。しかし、やはり、いっこうに、セドリックは帰って来ない。とうとう、二、三週間めには、ホップスさんは、落ち着かなくなって、何か、方法を考えねばならないと思った。

「そうだ。ディックに会ってみよう。」

これを考え付くまでには、ホップスさんはずいぶんとたばこを吹かした。でも、やっと、心が決まった。ディックのことは、セドリックから聞いて、なんでも知っていたし、話し合えば、きっと、なぐさめになるだろうと、思った。

ある日、ディックは、いつもの通り、精出して、お客の長靴をみがいていた。すると、そこへ、頭がピカピカにはげた、背の低い、ずんぐりした男がやって来た。敷石の上に立って、

くつみがきの大名人ディック・ティプトン、
見よ。誰にも負けない、このみがき方。

と、書いた看板をじっと見ていた。二分、三分。あまり長いこと見ているので、ディックはなんだか気に掛かった。しかし、たぶん客なのだろうと思って、先の客の靴をみがき上げると、

「だんな、みがきましょうか。」

と、声を掛けた。

ずんぐり男は、のっそりと寄って来て、片足を、台の上に乗せて言った。

「ああ、やっとくれ。」

そこで、ディックが、みがきにかかると、男は、ディックを見ては、看板を見、看板を見てはディックを見て、言った。

「おめえ、この看板は、どこで物にしたんだい。」

「ああ、これですかい。これは、友だちにもらったんですよ。小さい小僧ですが、感心なやつで道具もみんな、そろえてくれたんでさ。あんないいやつったらありません

ね。いまじゃ、イギリスにいますよ。なんでも貴族様というやつになりに行ったんでさあ。」

「貴族って——。じゃ、お前、あのフォントルロイっていう、ドリンコートの伯爵になるっていう子じゃねえのかい。」

ディックは、思わずブラシを落としそうになって叫んだ。

「だ、だんな。じゃ、だんなもその子を知ってるんですかい。」

「ああ、知っていなくてか。わしなんざ、あれが生まれるときから、ずっと一生の友だちでな。」

ホップスさんは、熱くなった額を、ふきふき言った。もう、ホップスさんは、胸がわくわくしてきた。持って来た、りっぱな金時計を、ポケットから出して、パッとふたをあけると、かぶせぶたの中を見せて言った。

「なあ、見てくれ。こう書いてあるだろう。『これを見る時には、ぼくを思い出してくれるように。』って。やはり、あの子が、わしにくれた記念品なんだよ。別れるときに、『ぼくのこと、忘れないでね。』って、言ったけど、どうしてどうして忘れられるもんかね。」

すると、ディックも、

「本当にさ——。あっしだって、あんなすてきな子どもって、見たことないね。それに威勢がよくってさ。あっしも、大の仲良しでね。いつだったか、馬車の下へころげこんだまりを取ってやったんだよ。するとね、それをいつまでも忘れないでいてな、母親や女中とここへ来ちゃ、『いやあ、ディック来たよ。』って、いつも、こう言ってくるんだ。まるで大人づきあいでさあ。商売の悪い日でも、あの子と話していると、たいがい、気分がよくなっちまったもんですよ。」

もう、ホッブスさんも、すっかり、いい気持ちである。——しかし、残念そうに、ホッブスさんは言った。

「だのに、おまえさん。あんないい子を伯爵にするなんて、もったいねえ話さ。食料品店か、雑貨屋でもさせておいてみねえ。どんなに立派に、なったか。それになあ——。」

話してみると、話すほど二人は話がたくさんありすぎた。とても、一時には、話しきれないので、ホッブスさんは、ディックに、明日の晩、店へ来て、ゆっくり話し合うことを約束した。

ホッブスさんは、

「ところでおめえさんは、伯爵だとか、城だとかいうことが、なんだか知ってるのかい。わしは、もっと詳しいことが知りたいんだがな。」

　ディックは思い出して言った。

「ああ、そういう話なら、〝一銭小説〟っていう新聞に出ていましたぜ。題は、『王冠の罪』または、『メイ伯爵の復讐《ふくしゅう》』って——。なかなか、おもしろい物でね、わしらの仲間の者が、買って読んでいましたぜ。」

「そうか、それなら、お前さん、わしのところへ来る時に、それを持って来てくれないかね。金は、わしが払うからな。伯爵のことが書いてある物なら、なんだって、みんな、持って来ておくれよ。伯爵のがなけりゃ、公爵だって、男爵だっていいよ。」

　こうして、このときから、二人は、すっかりいい友だちになってしまった。あくる日の晩、ディックがホップスさんの店へ行くと、ホップスさんは、大変、歓迎して、りんご樽《だる》のそばのドアに寄せかけた椅子《いす》に、ディックを座らせて言った。

「お前さん、そのへんの物、なんでも、勝手に取って、食っていいよ。」

　それから、ディックの持って来た〝一銭小説新聞〟を読み、そのあと、イギリスの貴族たちのことを、読んだり話したりした。

　ホップスさんは、さかんに、頭を振ったり、たばこを吹かしたりした。また、セドリックの腰掛けていた、高い腰掛けの、あと脚の傷を説明する時は、まったく得意そうだった。

「その傷が、それ、あの子の蹴ったあとなんだよ。間違いもねえ、あの子の靴のあとなんだ。わしは、ぼんやりと、よくあれを見ながら思うんだよ。あれは、そこへ座って、箱の中から、勝手に菓子パンを出して食い、また、樽の中から、りんごを出して食って、芯《しん》は、外へ投げ出していたよ。だのに、その子が、いまは貴族様で、お城住まいだなんて、世の中は、変わるもんさ。けれど、こうなると、あの傷も、貴族様の足あとだということになるわけだ。本当にたまげたこったなあ。」

　ホップスさんは、こんなふうにして、昔のことを繰り返し繰り返し話していると、もう、涙が出てくるほどだった。

　ホップスさんは、そのときから、ディックの来るのが、何よりのなぐさめになってしまった。一緒に食事をする時には、店から、菓子や、かんづめを運んで来て、ごちそうしてやるし、終わりには、しょうが水を、コップについで言った。

「さあ、これで乾杯だ。セドリックを祝うんだよ。侯爵だの、伯爵だのというのを、どうかあの子が、よくしてくれるようにな——。」

　おかげで、二人とも、貴族というものについて、一通りの物知りになってしまった。けれども、二人が、わかったと思っていることを、本物の貴族が聞いたら、きっとびっくりしたに違いないような、おかしなものであった。

しかし、ホップスさんは、もっと、もっと伯爵や侯爵のことについて知りたいと思って、ある日、わざわざ、下町の本屋へ出かけて行って、帳場にすわっている店員に聞いた。

「伯爵のことの書いてある本が、欲しいんだが、何かないかね。」

「それは、いったいなんのことです。」

「伯爵のことを書いてある本だよ。」

すると、店員は、変な顔をして、

「お気の毒ですが、そんな本は、こちらにはございませんな。」

「なら、公爵でも子爵でもいいんだよ。」

「そんな本は、聞いたこともありませんね。」

ホップスさんは、すっかりまごついて、床を見おろしていたが、急に、顔を上げて言った。

「じゃ、女の伯爵でもいいよ。」

「はあ、それも、おあいにくさまで。」

店員は、さすがに、おかしさがこらえきれなくなってクスッ、と笑ってしまった。

ホップスさんは、真っ赤になって言った。

「そんなに大事な本がないなんて、いったいぜんたい、なんてえこった。」

ぷんぷん怒って、店を出ようとした。すると店員が、うしろから呼びとめて、

「貴族が主人公になっている小説ではだめなのでしょうか。」

ホップスさんは、胸が躍って、

「ああ、伯爵のことばかりが書いてある本がないのなら、それでもいいよ。」

ホップスさんは、店員が出した、ハリスン・エインズワースという人の書いた『ロンドン塔』という本を買って帰った。

読もうとしているところへ、ディックが来たので、二人で読み始めると、なかなかおもしろい本だった。怖いようなことが、次つぎと書いてあった。『血の好きなメアリー』と言われた女王の時代の話で、女王が人の首を切ったり、拷問《ごうもん》にかけたり、生きたまま火あぶりにするという話である。ホップスさんは、すっかり興奮してしまって、くわえていたパイプを、口から放し、あっけにとられたように、ぽかんとディックを見つめてしまった。そして、やがて、赤いハンカチを出して、額の汗をふきふき、言った。

「ディック、これじゃ、あの子も、あぶないぞ。まったくあぶないこった。女が、王

様になってもこんな恐ろしい指図をするんだからな。いま頃、セドリックは、どんな目に遭わされているか、知れたもんじゃないぞ。まして、こんな女が気違いにでもなってみろ。誰だって、命がないぞ。」

ディックも、なんだか心配になった。

「うん、なるほどな。――だが、ホップスさん。いま、イギリスを切り回しているのは、この女じゃないんですぜ。なんでも、ビクトリーとか言いますからね。」

「そうだったな。そういえば新聞にだって、こんな拷問だとか、火あぶりなんてことは、ちっとも出てないからな。だが、やっぱり、こんなへんてこな女王様がいたイギリスだ。セドリックも安全ってわけにはいくまい。あいつらときたら、七月四日のお祝い（アメリカの独立記念日）も、知らねえっていうからな。」

それから、数日の間は、ホップスさんは、心配で仕方がなかった。

その頃、ホップスさんのところへも、ディックのところへも、セドリックから手紙が来た。ホップスさんは、自分宛《あ》ての手紙を、何度も読み返しては、ディックに読んで聞かせてやり、またディック宛てのも、何度も、読んでやって、ようやく安心した。

二人は、この手紙を、大変うれしがった。

けれども、いざ返事を書くとなると、ディックのほうは、なかなかうまく書けなかった。読み書きをディックが覚えたのは、兄と一緒に暮らしていた頃に、やっと何か月か夜学へ通って覚えただけだからである。しかし、もともと、りこうなディックなので、わずかの間にも、チョークの切れはしで、敷石や塀や、垣根に字を書いたりして勉強をしていたのだった。

ディックは、また、よくホップスさんに、自分の身の上や、小さいうちに母が亡《な》くなってからは、兄に親切にしてもらったことなども話していた。父は、その前に亡くなっていたということであった。

兄の名は、ベンと言って、ディックが新聞売りや、使い走りのできる頃まで、大変よく、面倒を見てくれていた。ところが、そのうち、ベンは、かなりいい店に勤め口が見つかったのでおよめさんをもらった。

「だんな、それからだがね。」

と、ディックは、どうにもくやしくって、しんぼうができない、というような調子で言った。

「兄きったら、嫁さんなんかもらわなきゃいいものを、いい気になってもらってね。北向きの部屋を二つ借りて、独立したんだがね。その嫁さんていうのが、またしようのないやつでしてね。まるで、あばれ猫みたいでさあ。機嫌の悪い時には、なんでもかんでも、手当たりしだい、投げつけるし、静かだと思うと、家にいないんです。それに、生まれた赤ん坊というのが、おふくろそっくりで、夜昼なしにわめき散らすし、おまけに、あっしが、お守り役でしょう。そいつが泣くと、嫁さんが、なんでもかんでも、あっしにぶつけるんです。ある日、皿をぶっつけてきやしたよ。ところが、運悪く、皿が、赤ん坊に当たってね、赤ん坊はあごを切っちまいました。医者に見せますと、この傷は、一生残るということでね。まったく、とんだ嫁さんでしたよ。それに、その女ったら、兄きの稼ぎが少ないと言って、怒るんですよ。とうとう兄きも我慢ならなくなって、牧場をやると言って、友だちと一緒に、西部へ行っちまいましたよ。ところが、それから一週間ほど経《た》った時ですがね。あっしが晩に、新聞を売って家へ帰って来るとね、部屋に錠が掛かっているんですよ。こじあけてみると、部屋の中は、からっぽで、隣のおかみさんがやって来て言うんです。『ミンナさんは行っちまったよ』って——。兄きの嫁さんが逃げちゃったんです。なんでも、人の話じゃ、外国へ行ってしまったということですよ。それっきり、なんのたよりもありゃしません。さすがの兄きもこれにはあきれてしまいましてね。もう、気にも止めないようでした。結婚した頃は気に入っていたようですがね。——なかなか姿のよい女で、腹を立てない時などは、ちょっと、いい女に見えましたよ。大きな黒い目をして、黒い髪が膝《ひざ》のところまであるでしょう。よく編んで、頭にぐるぐる巻いていましたが。なんでも、イタリア人の血がまじっているという話でしたよ。父親だか、母親だか、どっちかが、イタリアから来たというんです。」

ディックは、それからも、よく、ホップスさんに、このミンナと、兄のベンのことを話した。でも、兄のベンからは、西部へ行ってからは、一、二度、手紙が来たきりだと言っていた。というのは、ベンは、西部へ行ったものの、あまり運がよくなくて、あっちこっちと、歩き回っていたからで、ディックが、ホップスさんと親しくなった頃には、カリフォルニアの牧場に入って、働いているはずだと言っていた。

「そんなわけで、兄も、すっかりその女にだまされてしまったということでさあ。あっしだって、ときどき兄がかわいそうになるんですよ。」

あるとき、ディックはそう言ったが、そのときも、二人は、店先に並んで腰を掛け、ホップスさんは、パイプにタバコを詰めていた。ホップスさんが、マッチを取ろうと思って、立ち上がりながら、重おもしく言った。

「それじゃ、結婚なんかしなきゃよかったんだな。わしなんか、女なんか、なんの役に立つのか、さっぱりわからないて。」

そして、マッチの入れてある箱をあけ、一本出そうとして、カウンターを見ながら、ホップスさんは、言った。

「あれ、手紙が来ているじゃないか。ちっとも知らなかったよ。うっかりしてる間に、郵便屋が置いていったんだな。それとも、新聞の下になっていたのかな。」

カウンターの上から、その手紙を手に取って見た。と、同時に、ホップスさんは、びっくりしたような声で言った。

「ディック、あれから来たんだよ。セドリック・フォントルロイからだよ。」

ホップスさんは、もう、たばこを吸うどころではなかった。せかせかと、元の椅子に戻ると急いではさみで封を切って言った。

「今度は、どんなたよりかな。」

開いて読むと、こんなことが書いてあった。

ドリンコートじょうで

ホップスさま

ぼくは、おおいそぎで、このてがみをかいています。だって、とてもみょうなことがおこったんです。きっとホップスさんも、おどろくでしょう。いままでのことは、みんなまちがいだったのです。ぼくは、きぞくではなくて、はくしゃくにはならなくてもいいのです。おじさまのビービスという人とけっこんしていたおんなの人が、おとこの子をひとりもっていたのです。ビービスおじさまは、しんだが、その子がいるので、その子がフォントルロイになるのです。イギリスでは、ちょうなんの子が、あとをつぐことにきまっているのです。はくしゃくのちょうなんの子が、はくしゃくになるのです。ぼくは、フォントルロイでは、ないのです。だって、ぼくのパパは、おじいさまの三なんで、すえっ子でしたでしょう。パパのにいさんであるビービスの子がいたら、その子があとつぎになるのはあたりまえです。だから、ぼくはなまえもまた、ニューヨークにいたときとおなじに、セドリック・エロルです。ぼくのものは、みんな、そのよその子のものになってしまうんです。ばしゃもこうまも、おもちゃもみんな、その子にあげねばならないとおもいます。でも、おじいさまは、あげなくてもよいといっています。おじいさまは、たいへんかなしがっています。おじいさまは、そのおんなの人が、すきでないようなのです。きっと、ぼくがはくしゃくになれないので、ぼくや、ママが、かなしがっているとおもっていらっしゃるのにちがいありません。でも、かなしくはないけど、ぼくは、はじめおもっていたときより、いまは、ずっとはくしゃくになりたいのです。おしろはきれいだし、みんなが、だいすきだもの。

それに、たくさんおかねがあれば、いろんなことができるでしょう。でも、もうぼくは、おかねもちではありません。パパは、すえっ子だったんですから、おかねをもっていなかったんですよ。ぼく、なにかしごとをおぼえて、ママをたすけるつもりです。ウイルキンスに、うまのせわをするしごとをきいてみました。たいていばていか、ぎょしゃになれるとおもいます。そのおんなの人はね、おとこの子をつれておしろへきて、おじいさまと、ハビシャムさんとはなしていきました。たいへんおこっているみたいに、大きなこえでしゃべっていました。おじいさまもおこっていましたが、ぼくは、おじいさまがおこったのを、そのときはじめてみました。あんなに、おこらなければいいのにと、おもいました。ぼくは、ホップスさんとディックに、はやくはなしたいとおもって、いそいでこのてがみをかきました。ホップスさんもディックも、ぼくのことが、きになるでしょうからね。これで、きょうはおしまいです。では、またつぎに——。

むかしからのともだち

セドリック・エロル

（もうフォントルロイではありません。）

ホップスさんは、ぐったりと、椅子にもたれかかってしまった。手紙は、手から膝の上に落ちるし、はさみも、封筒も、床の上へ落ちてしまった。

「ふうん、いったいぜんたい、こりゃなんというこった。」

あまりに不意を衝《つ》かれたので、ホップスさんは、ため息の仕方までふつうと違っていた。吐き出すようにそう言うのを聞いて、ディックも大変びっくりして目を丸くした。

「そんなら、ホップスさん。何もかも、みんなだめになってしまったんだね。」

「そうとも、みんな風に飛ばされてしまったのさ。だが、わしは、これはきっと、あの子がアメリカ人だというので、あの子から権利を取り上げちまおうと、イギリスの貴族のやつらが、たくらんだのに違いないと思うんだよ。あの独立戦争の時から、イギリス人は、アメリカを、うんとうらんでいるのだからな。あの子に仕返しをしているんだよ。わしは、あの子が、あぶない、安全じゃないと言ったばかりだのに、それ見ろ。もうその通りじゃないか。イギリスの役人どもが、みんな寄ってたかって、あの子がもらえるはずのものを、横取りしようというんだよ。」

すっかりホップスさんは、気持ちがいらだってしまっていた。初めは、セドリックが、伯爵になるのは反対だったが、いまでは、考え直すようになっていたので、はらわたが煮え繰り返るようだった。最初のすばらしい手紙が来てからは、『伯爵』そのものは、やはり、好きになれなかったが、自分の友だちが、そんなに偉くなったのが、大変誇らしくなっていたのだ。それに、〝お金〟は、アメリカでも、大変大事にされているので、セドリックが、権力のある伯爵になれるのと一緒に、金持ちにもなれたということがやっぱりうれしかったのだ。

ところが、それも、もう、セドリックのものではなくなってしまうのだ。

「セドリックも辛《つら》いだろうな。なんでもかでも、やつらは、あの子に付いているものを、いっさい、取り上げようとしているのに違いねえからな。」

ホップスさんは、もう、いてもたってもいられなかった。その晩は、特別遅くまで、ディックを引きとめて、いろいろと、セドリックのことについて話し合って、怒り続けていた、そして、ディックの帰る時には、町角まで送ってやり、帰りには、貸家札の下がっている、あの空き家の前に、しばらく立ち止まって、いらいらしながら、たばこを吹かしていた。

第十二章　跡継ぎ争いの相手

ドリンコート城で、あの大宴会があってから何日も経《た》たないうちに、イギリス人で新聞を読んでいる人なら、誰ひとり、ドリンコート城で起こった、まるで小説のような事件を知らない者はなかった。

まず、アメリカ生まれの小さい子が、小公子フォントルロイとしてイギリスへ迎えられた。きれいで、きりっとした上品な子なので、大変な評判である。第二に、その子のおじいさんの老伯爵《はくしゃく》が、その子を大変自慢にしている。第三に、フォントルロイの母、エロル大尉《たいい》の美しい妻が、まだ伯爵から許してもらえないでいる。すると、突然伯爵の長男、ビービスの妻だったという女が、男の子を連れて現われ、自分の子こそ、本当の小公子フォントルロイだと言い、すべての権利を取ろうとしている。

これらのことが、書き立てられていたのだ。イギリス中が、大変な、騒ぎである。おまけに、伯爵は、これが、大変気に入らないで、裁判にかけても、そうさせまいとしているらしい、というのである。

アール・ポロ村地方で、こんな大騒ぎが起こったのは初めてであった。市《いち》の立つ日など、町では、人びとがあっちこっちにかたまって話し合っていた。百姓のおかみさんたちは、お茶に呼んだり呼ばれたりして、忙しかった。

みんなは、伯爵が怒って、新しいフォントルロイを、どうしても認めまいと、決心しているということや、その黒い毛の女を、あくまでも憎んでいることなどについて、いろいろと変わった知らせを、どこかで聞いて来ては話し合うのだった。しかし、なんといっても、一番たくさん話の種を持っているのは、お城の召使を妹に持っている、あの荒物屋のディブルだった。噂《うわさ》を聞きたい人たちが次から次へと押しかけて来て、おかげで店は、大繁盛《はんじょう》であった。

ディブルは、みんなにこう言って話した。

「いやはや、とんでもないことになりそうですよ。大きな声じゃ、言えませんがね。こんなことになったのは、みんな、あんなかわいらしい、奥様から、意地悪く、お子様を引き離した伯爵様に、ばちが当たったのですよ。でも、伯爵様といったら、その子が、とてもかわいくて、また、自慢で自慢でしようがないんですからね。まるで、気違いのようになっていらっしゃるそうですよ。それにね、今度、現われたのは、先の若奥様とは大違いで、とても下品で、ぜんぜんまともな女じゃなさそうだ、というんですよ。黒い目のしゃあしゃあした女で、どこか、変だそうですよ。だもんだから、お城のトーマスさんも言っているんですよ。いくら、召使だからって、わしは、あんな女に、へいへいするのはごめんだって。こっちから、お城を出て行きますよってね。それに、今度の子というのが、また、先の子とは、まるで比べものにならない下品な子で、月とすっぽんの違いですとさ。ですから、この先、どんなことになるやら、さっぱり、見当が付きませんね。妹のジェーンがやって来て、はじめてこの話を聞かされたときには、本当に、わたしゃ、きもがつぶれてひっくり返りそうでしたよ。」

ともかく、どこもかしこも、大騒ぎであった。お城では、書斎で伯爵とハビシャムさんが、話し込んでいるし、召使部屋では、召使たちが休むひまもなしに、ペチャクチャやっていた。——また、馬屋では、ウイルキンスが、すっかりしょげきって、バカ丁寧に茶色の小馬を、手入れしながら、御者に言っていた。

「ほんとうに、わしは、あんなにらくらくと乗りこなす、威勢のいいお子さんを、教えたことはないよ。うしろからお供していたって、なんとも気持ちがいいからな。」

けれども、こんな、大騒ぎのまっただ中で、まったく落ち着いて、少しもあわてていないものが一人いた。それは、もう小公子フォントルロイではないと言われている、そのご当人のかわいいセドリックである。初め、そのことを説明された時には、やはりちょっと心配でまごついたが、それも、決して、大きな望みが、取りのぞかれてしまったからというのではなかった。

いろいろと伯爵が、わけを話して聞かせたが、その間、ほかのむずかしい話を聞く時と同じように、膝《ひざ》を組み合わせて、かしこまって、椅子《いす》に座って聞いていたのだ。そして聞き終わると、いつもと違った、真面目《まじめ》な顔で言った。

「おじい様。ぼく、なんだか変な気がしますよ。なんだか、――変だな。」

伯爵もだまって、セドリックを見つめていた。伯爵の気持ちも、やはりなんだか変なのであった。お互いに、こんな妙な気持ちは、生まれてから一度も感じたことがなかった。いつも、あんなに幸せそうな、かわいいセドリックの顔が、少し困ったように、ぎこちない様子なのだった。

震え声で、セドリックは言った。

「それじゃ、おじい様。その人たちは、大好きなママから……おうちだの、馬車だのを取り上げてしまうんでしょうか。」

「いや、そんなこと、――何も、持って行くことはできんのじゃよ。」

伯爵が、高い声でそう言ったので、やっとセドリックは、ひと安心というふうだった。

おじい様の顔を見上げる、セドリックの目は、うるんでいた。でも、やっぱり、おずおずしながら言った。

「おじい様。でも、あの、あっちの子ね。あの子が、今度からおじい様の子になるんでしょう。いままでのぼくのように——。」

「いや、それも違う。そんなことあるものか。」

あまり伯爵の声が高かったので、セドリックのほうが、飛び上がるほどびっくりした。

「えっ、違うんですか。……ならないんですか。ぼく、そうなるのかと思ったんです。」

不思議そうに、セドリックは言い、そしていきなり、腰掛けから立ち上がって、言った。

「それじゃ、ぼく、伯爵にならなくっても、やっぱりおじい様の子になっていていいんですか。」

かわいい顔が、いまは、真っ赤になって、一心に伯爵を見つめている。伯爵の、次の返事を待っているのだ。伯爵は、もう胸がいっぱいになって、じっと、セドリックを見つめたが、太い眉毛《まゆげ》の下の、そのくぼんだ目の光は、いつもと、違っていた。そして、震え声で言った。

「そうだとも。お前は、わしの子だ。わしが生きている間は、お前は、絶対にわしの子なんだからな。」

　それは、とぎれとぎれの声であったが、自分では、きっぱりと、そう言っているつもりなのであった。

　セドリックの顔は、もう髪の根元まで赤くなっていった。安心したのと、うれしいのとで、そうなったのであった。両方の手を、ポケットに突っ込み、伯爵の顔を、じっと見つめて言った。

「おじい様。本当に、そうなんでしょうね。ぼくも、そんな気がしますけど、そんならぼくはいいんです。伯爵になれるかどうかなんて、そんなこと、ちっとも気にしていないんです。伯爵になれる子だけが、おじい様の子になれるんだと、ぼく、思っていたんです。だから、だめかと思って、ちょっと、変な気になったんです。」

　伯爵は、手を、セドリックの肩に乗せて引き寄せ、激しい息づかいをしながら言った。

「ほんとに、わしが、お前のために取っておいてやれるものは、これっぽっちだって、あいつらにはやらんからな。第一、わしはまだ、あいつらが、お前のものを取れるとはちっとも思っていないんだよ。どう見たって、お前が伯爵になるように生まれてきているとしか、わしには思えてならんのじゃ。そうとも、どんなことがあっても、わしの、やれるものは、みんなお前にやるんだよ。何もかもな――。」

その様子は、子どもにものを言っているようではない。一つ一つのことばに、強い力がこもっていて、伯爵は、自分に言い聞かせ、言いふくめているようでさえあった。いままで、伯爵は、自分が、こんなにまで、深く子どもをかわいがっていると思っていたことには気が付かなかった。しかも、伯爵は、がんこで、こうと一度心に決めたことは、あきらめたりはしなかった。そこでまた、強く言った。

「渡すものか。本当に、そう簡単に、お前の権利を、ほかの子に渡すようなことをしないよ。思い切り、争ってみるのじゃ。」

もう、セドリックのために、戦おうという伯爵の心は、動かなかった。

ところで、ビービスの妻で、自分の子こそ、フォントルロイ小公子だと言って出た女は、ハビシャムさんと会って、数日してから、子どもを連れてお城へやって来た。だが、すぐ、追い返されてしまった。取り次ぎに出た召使が、

「伯爵様は、お会いになりません。お城の弁護士に、いっさいおまかせです。」

と、いって断ったのだ。

　この召使は、トーマスであった。トーマスはあとで、召使部屋で、この女のことを、ずけずけとこう言っていた。

「なに、わしは、長い間、お城勤めをしているがね、あれが、貴婦人だというのなら、わしの目は、皮をかぶって、くさっているってことよ。」

　そして、いっそう自慢らしく言った。

「それにひきかえ、コート・ロッジにおいでの方は、アメリカ生まれであろうが、なかろうが、本当の貴婦人と申す方だよ。わしには、ひと目でわかるさ。初めて、あすこへ行った時に、もう、ちゃんと、御者のヘンリーに、そう話したぐらいだからな――。」

　そんなわけで、女は、仕方なく、馬車に乗って、帰って行った。きれいだけれども、下品で、おどおどしていた。

　ハビシャムさんは、それから、何度も会ううちに、この女が、大変な癇癪《かんしゃく》持ちなことがわかった。行儀は悪いし、威張りくさっていながら、ちっとも賢くない。その上、度胸もないので、自分から、乗り込んで来ておきながら、気遅れがしているようであった。また、こんなに強く、反対されるとも思っていなかったらしく、あるとき、そのことを、ハビシャムさんは、エロル夫人に、こう言って話した。

「奥様。その女というのは、ほんとにいやしい暮らしをしていた者のようでございまして、教育やしつけなどは、ぜんぜんないようでございますよ。わたしたちと話をする時には、どうしていいかわからない様子で、お城へ来たときにはすっかり怖気《おじけ》付《づ》いておりましたよ。かんかんに怒って帰って行きましたものの、心の中は、ビクビクものでして、それから後に、わたしがすすめて、伯爵様を、女の泊まっている宿屋へ、お連れ申したときには、伯爵様が、部屋へお入りになるのを見ると、とたんに、真っ青になりました。でも、すぐ思い直して、伯爵様を脅かしたり、ああしろ、こうしろと、勝手なことばかりを申し立てるのでございます。いやはや、とんだ女でございます。」

本当に、その通りだった。その日、伯爵は、立派な貴族らしく、堂どうと部屋へ入った。すると、女は真っ青になったが、すぐに、ペラペラしゃべりだした。でも、伯爵は、こんな女と話すのは、けがらわしいので、女の頭のてっぺんから、足の先まで、じっと見て、一言も口をきかない。しゃべるだけしゃべらせておいて、こう言った。

「お前は、わしの長男の妻だと言っているが、本当にそれがお前の言う通りで、証拠も確かなら、法律の上では、確かにお前の勝ちだよ。そのときには、お前の言う通り、お前の息子は、フォントルロイ小公子だ。しかし、まだそうとは決まっていないのじゃ。わしは、うんと調べ、うんと戦うつもりだ。それでも、お前の言い分が勝てば、お前は本当にけっこうな身分になれる。しかし、わしの生きている間は、いくらそうと決まっても、わしは、お前にも、子どもにも、いっさい会わんぞ。わしが死んでから、初めてお城は、お前たちのものになるだろう。が、お城だって、そんなことになって残念がるに違いない。なるほどお前はわしの馬鹿《ばか》息子ビービスが、掛かり合いになりそうな女じゃわい。」

　そして、そのまま、伯爵はうしろを向いて、堂どうと、部屋を出て行ったのだった。

　それから、二、三日後であった。エロル夫人が、部屋で書き物をしていると、そこへ女中が、お客が見えたと知らせて来た。ところが、女中は、何かどぎまぎしている。まだ、来てまもない、慣れない若い娘だったが、どもるように、

「奥様。――あの――、伯爵様が――ご自分で――。」

と、言うのだ。

　これには、エロル夫人も、驚いた。急いで客間に入ると、もう、背の高いどっしりした老人の伯爵は、虎《とら》の皮の敷物の上に、しゃんと立っていた。おごそかで、きびしい立派な顔に、長い八字ひげが、真っ白である。

伯爵は、がんこ一方のような、きびしいことばで、こう言った。

「エロルの妻だろうな。」

「はい、さようでございます。」

すると伯爵は、

「わしは、伯爵ドリンコートだ。」

そう言ったが、それからだまって、しばらく、じっと夫人の顔を見つめていた。上品に伯爵を見上げている夫人の目が、あの、元気でかわいい孫の目と、そっくりである。さすがに伯爵は、妙な気持ちになって、だしぬけに言った。

「あの子とお前は、本当によく似てるね。」

「はい、よくそう言われます。でも、わたしは、やはりあの子は、父にも、よく似ているように思えて、大変うれしいのでございます。」

エロル夫人の声は本当に、鈴のようだった。姿は、飾りけがなくて品があり、しっくりと落ち着いて不意に伯爵が訪ねて来てもそんなに取り乱しているとは思えなかった。伯爵は、そこで言った。

「うん、そのとおり、わしの息子にも、確かに似ておるな。――やはりのう。」

そして、八字ひげを、きゅっと強く引っ張ると、

「ところで、お前。きょう、わしがなんでここへ来たかわかっとるかい。」

「はい。この間、ハビシャムさんにお目にかかりましたが、なんでも、ドリンコート家の跡継ぎの申し立てが、ございましたとか。」

「うん、――そうじゃ。だがわしは、思い切りあいつらを調べ上げてやるつもりじゃ。そしてな、法律の力で、あの子を、あの子の権利を、守ってやるんじゃ。わしは、そのことを、言いに来たんじゃよ。」

　すると、夫人はやさしい声で、その伯爵をさえぎって言った。

「でも、伯爵様、たとえ、法律が許しましても、それが正しいことでございませんでしたなら、やはり、あの子を跡継ぎにしていただきませんように。」

「うん、ところが、悲しいことに、法律でも守れるかどうかわからないのじゃ。――本当に、残念だ、残念だ――。あの、けしからん女と子どものためにな――。」

「でも、伯爵様。その方だって、きっと、わたしが、セドリックのことを思うのと同じように、お子様のためを思っていらっしゃるのでございましょう。ですから、その方が、本当にご長男様の奥様でございましたら、やはり、そのお子様が、フォントルロイ小公子様であって、わたしの子のセドリックが、そうでないのは、当然でございます。」

という夫人は、セドリックと同じように、少しも伯爵を恐れていないし、伯爵を見る顔付きも、セドリックと同じであった。一生の間、人を抑えつけてばかりいた伯爵には、こうした、しっかりした夫人の態度が、大変快かった。なにしろ、伯爵に反対する人は少なかったのだから。しかし伯爵は、白い眉毛をしかめて言った。

「それでは、お前は、子どもが、ドリンコート伯爵にならないほうが、いいと思っているのか。」

「いえ、ドリンコート伯爵に、なりますことは、本当にたいしたことで、もったいないことと思っているのでございます。けれども、わたしは何よりもまず、あの子が、あの子の父のように、勇ましく、正しく、真心のある人になってほしいと思っているのでございます。」

「ハハ……。それでは、おじい様のわしとは、まったく、反対のものにというわけだな。」

伯爵が、つい、皮肉たっぷりに笑って言ったので、夫人は、思わず口をつぐんだが、伯爵の顔を静かに眺めて、言った。

「でも、伯爵様。わたしは、伯爵様を、まだ、よく存じてはおりませんので――。しかし、子どもは、本当によく、伯爵様になつき、お慕い申しているのでございます。

本当に心からお慕い申しているのでございます。」

「なるほどな。では、どうしてお前を、城へ迎えないかを、知らせても、あの子はやっぱり、わしを好いているかな。」

「それは、そのようには、まいらないと存じます。ですから、わたしはそのことだけは、どうしても、知らせたくないのでございます。」

「ふむ、なるほどな。——そういうことのできる女というものは、なかなかいないものだがな。」

伯爵は、うなずくと、ぶっきらぼうにそう言って、いきなり部屋の中を、ぐるぐると歩き回りはじめた。そして、八字ひげをまたしても引っ張りながら、言った。

「その通り、あれは、わしを好いてくれているし、わしも、あの子が大好きじゃ。わしはいままで、誰ひとりとして、好きになった者はいない。ところが、あの子だけは、なんとしてもかわいいのじゃ。わしが年を取って、何をするのもいやになっていた時に、あれがやって来て、わしに生きがいを与えてくれたのじゃ。わしは、誰にも、あの子を自慢しているし、やがて、あの子がわしの跡を取ってくれるのを、楽しみにしていたのじゃ。」

そして、夫人が、椅子に掛けている前へ来て、

「それなのに――、わしは、まったく、不愉快なんだよ。こんなことが起こってのう。」

その伯爵は、いつものように、威張ったそぶりもなく、声は乱れ、手は震えていた。くぼんだ目には、涙さえ、浮かんでいるようだった。

「そんなわけで、ついおまえのところへやって来たわけじゃ。わしは、おまえを、初めから、憎いやつじゃと、憎み続けていた。ところが、こんないやな事件のために、すっかり心が変わってきたのじゃ。ビービスの妻という、あのいやらしい女に会ってから、わしはこう思ったのじゃ。おまえの顔を見たら、気分が安らぐだろうとな。わしも、まったくのがんこものの老いぼれで、本当におまえには、ひどいこともしてきた。しかし、あの子を愛しているのは、おまえもわしも一緒なのだ。だから、あんな事件が起こって、つい、ここへ来る気になったのじゃ。あの子を愛している者同士で話し合えば、きっと心が、安らぐと思ってな。だからどうか、おまえも、悪く思わないでくれ。」

声は、やはりとげとげしくて、いかめしかったが、すっかり、心を痛めつけられ、打ちのめされている様子であった。エロル夫人は、大変心を打たれた。そこで、立ち上がって、肘掛《ひじか》け椅子をすすめて、

「うっかりしておりました。どうぞ、お掛けくださいませ。」

　やさしく、心から思いやりを込めて言った。

「本当にいろいろと、ご苦労が多いので、お疲れあそばしていることと存じます。大事になさっていただかなければ――。」

　伯爵は、自分の言うことに、はっきりと、反対されることも、めずらしかったが、このようにやさしく親切にいたわられることも、また、めずらしかった。これも、あの子によく似ているのだと思いながら、伯爵は腰をおろした。伯爵は、このような、今度の事件がなければ、いつまでも、やはりエロル夫人を、そのままに、憎み続けていたに違いなかった。しかし、いまは、あべこべに、夫人になぐさめられているのだった。新しく現われたビービスの妻というのとは、まったく、姿も心も、大変な違いであった。伯爵は、エロル夫人と会っているだけで、もう、気持ちが引き立てられ、憂鬱《ゆううつ》も消え、晴ればれとしてきた。もう一度言った。

「わしは、どんなことがあろうとも、絶対に、あの子を守るつもりだよ。今後ともにな。」

　そして、帰ろうと立ちかけ、部屋を見回して、

「どうだね。この家は、気に入ったかね。」

「はい、ありがとうございます。まことにけっこうでございます。」

夫人が、心から感謝したように、そう言うと、伯爵は、

「本当に、わしにも気持ちのいい部屋だ。また、話をしに来てもいいかな。」

「どうぞ、お気に召しましたら、いつでも、おいでくださいませ。」

それから、伯爵は、馬車で帰って行った。その帰り道、御者台の上で、トーマスとヘンリーは、どうして伯爵が、こんなに変わってしまったのかと、あっけにとられていた。

第十三章　ディックの発見

　フォントルロイの跡継ぎのことで、ドリンコート城に起こった騒ぎは、まもなく、アメリカの新聞にも、書き立てられて、大評判になった。おもしろいので、誰もが、いろいろな新聞を読み比べて、それぞれ自分の意見を話し合った。ホップスさんは、あまりたくさん読んで、すっかりまごついてしまうぐらいだった。

　一つの新聞には、セドリックのことを、まだお乳を飲んでいる、赤ん坊のように書いているし、ほかの新聞には、オックスフォード大学の大学生で、成績は優等、ギリシア語の詩を書いて有名になった青年だとも書いてあった。また、別の新聞には、きれいな公爵《こうしゃく》の娘と、結婚したばかりだと書いてあるのだ。どの新聞にも、書いてないことはというと、縮れ毛のかわいい、七つと八つの間の子だという、本当のことであった。

　それどころか、ある新聞には、セドリックは、ドリンコート家とは、なんの関わりのないもので、セドリックの母が、ハビシャム弁護士をだましたものだとも書いてあった。イギリスへ行くまでは、セドリックは、新聞を売ったり、ニューヨークの町をうろうろしていた、浮浪児だったというのだ。

また、あとから現われたフォントルロイと、その母親については、母親は、ジプシーであったとか、女優であったとか、きれいなスペイン人だとか書いてある。しかし、どの新聞も同じようにドリンコート伯爵が、なんとしても、その女を嫌って、その子どもを、小公子にさせまいとしている、ということは書いてあった。また、女の差し出した、証拠の書きつけというのが、少し、あやしいところがあって、裁判は、長引きそうで、こんなおもしろい事件はない、ということも書いてあった。

ホップスさんは、新聞を片っぱしから読んで、頭の中が、少しおかしくなってしまうぐらいだった。夜は、ディックと、さかんに話し合った。そして、ドリンコート家がどんなにたいした身分で、財産や領地が、どんなにたくさんあるかということがわかってくると、気がもめてしようがなかった。

「なあ、ディック。こんなにたいしたものを、むざむざ、人に取られてたまるものかね。伯爵であろうが、なかろうがさ。」

けれども、二人が、セドリックにしてやれることといったら、友情の変わらないやさしい手紙を書いてやることしかなかった。セドリックから知らせが来ると、急いで、返事を書いて送った。出す前に、二人は見せ合ったが、ホップスさんが読んだディックの手紙には、こんなことが書いてあった。

　ホップスだんなのところへも、わしのところへも、おまえの手紙がとどいた。おまえの運がぐらついて、ほんとうに残念だが、がんばっておくれよ。おまえのものをすっからかんにとってしまおうっていう、どろぼうが現われたなんて、なんてひどいやつだろう。負けるんじゃないよ。わしは、おまえに、恩になったことを、わすれちゃいないよ。だからもし、うまくいかなかったら、こっちへ帰って来て、わしといっしょにくらそうよ。このごろは、仕事もだいぶはんじょうしているからな。こんどは、わしが、おまえの世話をしてやるばんだ。どんなやつが来て、おまえをやっつけようったって、大名人のディック・ティプトンがあいてになってやっつけてやるからな。だいじょうぶだよ。

ディック

　また、ディックが読んだ、ホップスさんの手紙には、こう書いてあった。

拝啓、お手紙見ました。大変なことが起こりまして、びっくりしております。悪だくみをしているやつは、とっちめてやらねばなりません。それで、申し上げたいことが二つあります。この事件は、わたしがよく調べて、弁護士と会って、努力します。それでも、うまくいかないで、負けたら、あんたが大きくなりしだい、食料品店をやる準備をしておきます。

サイラス・ホップス

「これでよしと。あの子が伯爵にならなくても、わしたち二人の家で、ちゃあんと、先のことまで、考えてあるんだからな。」

ホップスさんが言うと、ディックも、得意そうに言った。

「そうだとも、どこまでも、あっしだって、セドリックの味方でさあ。」

そのあくる朝である。ディックは、お客の一人に、たいへん驚かされてしまった。そのお客は、開業したばかりの弁護士で、まだそう繁盛《はんじょう》していなかったが、明るくて元気な、頭のよい青年だった。ディックの靴みがき場のそばに、事務所があったので、毎朝、ディックが靴をみがいていた。おもしろい冗談を、よく言っていたが、今朝も、みがき台の上に、片足を乗せて、こう言った。

「ディック、この新聞をあげるよ。朝めしを食いに行く時にでも見るといいよ。イギリスの城や、伯爵の息子のお嫁さんの写真も載っかっているからね。この女が、大変な騒ぎを起こしてしまったんだよ。髪の毛もふさふさして、きれいな女だがね。お前も、貴族や、伯爵のことを、少しは知っとくといいね。まず、ドリンコート伯爵様と、フォントルロイ夫人のことを読んでみるんだな。」

ところが、ディックは、その新聞を受け取って、事件の写真が出ている一ページを見て、とたんに、ものが言えなくなってしまった。目も口もあけっぱなしで、写真の一つをじっと見つめて、青くなってしまった。

「どうしたんだい、ディック。何を、そんなにきもをつぶしているんだい。」

弁護士が驚いて尋ねると、ディックは、

「だんな、この女でさあ。この女なら、あっしゃあ、だんなの顔よりも、よく知ってまさあ。」

と、言った。

それは〝世継ぎ争いの母、フォントルロイ夫人〟と書いてある、一つの写真であった。それを指さしたまま、ディックは、まだ、目を白黒させていた。女は、美しい女で、黒い髪の毛を三つ組みに編んで、頭にぐるぐる巻きつけ、目は、大きかった。

弁護士は、笑い出して言った。

「へええ、どこで会ったんだい。贅沢《ぜいたく》な避暑地のニュー・ポートでかい。それとも、パリへ出かけた時かい。」

けれども、ディックは、いくらからかわれても、返事もできないほど驚いた。もう仕事どころではなかった。

「ともかく大変です。あっしは知ってるんです。もう、今朝の仕事は、これでおしまいでさ。」

バタバタと、ブラシや道具を片付けてしまうと、ディックは、五分も経《た》たないうちに、もう、ホップスさんの店へ駆け出して行った。

ホップスさんは、カウンターから、新聞を片手にして、青くなってかけて来るディックを見て驚いた。

「おい、ディック、どうしたんだい。」

「まあ、これを見てくれ。」

ディックは、新聞をカウンターの上へポンと投げ出すと、フーフーと息を切らせながら、軽蔑《けいべつ》しきった口ぶりで言った。

「まあ、この写真の女を見ておくれよ。これが貴族なもんかね、貴族のおかみさんなもんか。ミンナだよ。ミンナでなけりゃ、あっしゃ首をやるよ。どこにいたって、すぐわかるんだからな。ベン兄きだって、すぐに、ミンナだとわかるよ。嘘《うそ》と思うなら、聞いてみろってんだ。」

ホップスさんは、腰を抜かすほど驚いて言った。

「だから、わしの言わないこっちゃねえ。たくらんだ芝居だってことは、ちゃんとわかっていたんだからな。あの子が、アメリカ人だというんで、悪だくみを思い付いたんだよ。」

「そうだよ。それに、そのことを考え付いたのも、この女だ。いつだって、ペテン師みたいなことばかりしでかしていたからな。あっしは、この写真を見たとたんに、頭にピンときたね。ほら、いつかの新聞に、この女の連れて来た男の子のあごに傷があるって書いてあったことさ。なあ、それとこれとを、一緒に考えてみるんだ。その傷というのは、この女が付けた傷だよ。そんな女の子が貴族様なら、あっしらのほうが、よっぽど、貴族様だあね。その、フォントルロイと言ってるやつは、もう、てっきり、兄のベンの子どもだよ。この女が、あっしに皿を投げたときに、あごに当たった、あの子どもだよ。」

ディックは、生まれつき、りこうなすばしっこい子どもだったので、都会で、もまれて暮らしているうちに、いっそう、知恵がよく働くようになった。なんでも、ピンと考え付いて、頭がよく働いた。

ホップスさんは、すっかり、自分の責任の重いのを感じて、のぼせあがってしまった。ディックは、いよいよ意気込んで、早速兄のベンに手紙を書き、写真を切り抜いて、封筒の中へ入れて送った。ホップスさんも、セドリックに一通と、伯爵に一通の手紙を書いた。が、ふっと、ディックは、何か考え付いたように言った。

「ホップスさん、この新聞をくれた人ね、弁護士なんだけど、こんな時には、どうしたらいいか、聞いてみたらどうかね。弁護士なら、よく知ってるだろう。」

「そりゃ、その通りだ。こういうことにゃ、なんでも、弁護士がいるんだ。」

ホップスさんは、ディックの頭のいいのに感心して、店は、留守番にまかせて、大急ぎで、オーバーをひっかけて、ディックと二人で、下町へ出かけて行った。事務所へ着いて、まるで、小説のようなそのわけを話すと、若い、その弁護士のハリスンさんは、大変驚いてしまった。もし、この弁護士が、年を取っていて、忙しかったら、こんなことを本気で聞いてくれなかったかもしれなかった。しかし、まだ、弁護士は若くて、大きな仕事をしてみたいと思っていたところだったので、喜んで引き受けてくれることになった。それで、ディックたちも、てきぱきと要領よく話を進めた。

ホップスさんが言った。

「それで、ハリスンさん、いったい、いくらぐらいお礼をしていいものだか――。わしは、サイラス・ホップスっていう、町角の食料品店のもんですがね。いくらでもいいから、その金は、わしが払いますよ。よく、調べてください。」

すると、ハリスンさんは、

「わかりました。これがうまくいったら、大変なことになりますからね。フォントルロイ様は素《もと》より、ぼくにとっても、一生の生き方が決まるほどの、運定めみたいなものですよ。ともかく、大いにやってみましょう。この女の連れて来た子には、少しはっきりしないところがあるようですからね。第一、子どもの年の話になると、この女はどうもつじつまの合わないことを言っているようですよ。ともかく、ディックのにいさんのベンさんと、ドリンコート伯爵家の弁護士ハビシャムさん宛《あ》てに、手紙を二通、出しましょう。」

早速、ハリスンさんは、二通の手紙を書き、一通は、ニューヨークの港から、郵便船で、イギリスのハビシャムさんのところへ、一通は、カリフォルニア行きの郵便列車で、ディックの兄ベンジャミン・ティプトンのところへ送った。

ホップスさんとディックは、その晩、店を閉めてから、夜中まで話し合っていた。

第十四章　はがされた化けの皮

よく、あっというわずかの時間に、不思議なことが起こってしまうことがある。ホップスさんの店先で、高い椅子《いす》に掛けて、赤い靴下の足を、ぶらぶらさせていた少年の運命を、すっかり変えてしまったのも、この、ちょっとの間のことであった。ひっそりとした町で、質素に暮らしていた子が、イギリスの貴族の仲間入りをしてしまった、と思うと、今度は、その子が貴族から、一文なしの小ペテン師にされてしまったのだ。それも、数日の間の出来事であった。ところが今度は、それがまたひっくり返って、もうなんともなりそうもなかったものが、また、元通りになりそうになった。それも、そんなに時間がかかっていない。まったく、不思議なことだが、事件が、こんなに早く片付いたのは、自分がフォントルロイ・ビービス夫人だと名乗って出た女が、悪だくみをしたくせに、そんなに利口でなかったからであった。

ハビシャムさんが、結婚と子どものことについて、きびしく問い詰めたとき、女は、二度も三度もしくじってしまった。もう、しどろもどろになってしまって、癇癪《かんしゃく》を起こすと、いよいよ、へまなことを言ってしまうのだった。そのどれもが、子どものことについてだった。

　その女が、ビービスと結婚をし、けんかをしたあげくに、金をもらって別れたというのは、本当らしかったが、その子が、ロンドンで生まれたというのは、間違いだとわかった。そんなところへ、ニューヨークの若い弁護士のハリスンと、ホップスさんから、手紙が来たのである。伯爵《はくしゃく》とハビシャムさんはその晩、お城の書斎で、二人の手紙を中にして、心が喜びでいっぱいだった。ハビシャムさんは、はずむような声で言った。

「伯爵様。なにしろ、あの女に、わたしが三度めに会ったころには、もうしどろもどろでしてね。おかしいことが、ずいぶん表われてきていたんです。子どもの年が、女の言うのより、多いように思われたので、だしぬけに聞きますとね、つい本当の年を、しゃべってしまったのです。あわてて言い直しましたが、この二通の手紙に書いてあることと、わたしが、疑っていたことがすっかり、ぴったり合うのです。そこで、こうすればいいと思うのです。そっと、このディックとベンのティプトン兄弟を、電報で呼び寄せまして、前触れなしに、いきなり女に会わせてみるんです。すると、あの女は、もともとペテン師なんでしょうから、どぎもをぬかれて、すっかり化けの皮をはがされてしまうに違いありません。」

実際、その考え通りうまくいった。ハビシャムさんは、女に気付かれないように、それから、何くわぬ顔をして、取り調べていった。わざと、女が困るようなことは、気が付かないような顔をして――。すると、女はすっかりいい気になって、もう、成功は間違いないと思ったのか、大変、威張ってきた。

それは、あるよく晴れた朝であった。女がドリンコート・アームズという宿屋の部屋でいろいろと、手前勝手なことを、目論《もくろ》んでいるところへ、ボーイが、ハビシャムさんが来たと知らせて来た。ところが、まもなく、入って来たハビシャムさんのうしろには、三人の、少年、青年、老人がいるのだ。少年は、すばしっこそうなディックで、背の高い青年は、兄のベン、もう一人の老人は伯爵であった。どれもこれも、女にはまったく思いがけない、都合の悪い人間ばかりだった。一目見るなり、女は、飛び上がるほど驚いて、恐ろしい叫び声を上げた。女には、もう、すべてこれまでであった。そらとぼけるどころではなかった。長い間、思い出しもしなかったし、また、ふっと思い出すことがあっても、何千キロも遠いところにいるから、決して顔を合わせることもあるまいと思っていたディックとベンの二人が、いきなり、いま、目の前へ現われたのだ。ひっくり返るほど驚くのも無理もない。しかも、ディックは、こう言った。

「やあ、ミンナ。ひさしぶりだね。」

そして、ベンは軽蔑《けいべつ》しきって、じっと女を見詰めた。ハビシャムさんが、愉快そうに、そのベンとディックの兄弟に言った。

「お二人は、この女を、ご存じでしょうね。」

「ああ、知っていますとも、知っていますとも。わしはじゅうぶん知っていますよ。」

ベンは、そう言ったが、それっきり、こんな女の顔なんか見るのもいやだというふうに、窓ぎわへ行って、外を眺めて、立った。

女は、いまはすっかり、自分の悪だくみがばれてしまったので、ぜんぜん落ち着きがなくなってしまった。

たちまち、昔、ベンやディックが、毎日のように見ていた、気違いそっくりになって、暴れ出した。そして、ディックやベンや、そのほかみんなを罵《ののし》り通しで、むちゃくちゃに暴れだした。しかし、ベンは、ミンナを振り向きもしないで、ハビシャムさんに言った。

「なあに、だんな。この女のことなら、わしの家内だったミンナだという証拠を、いくらでも出しますよ。もっと、たくさん、証人がいるというのでしたら、何人でも連れて来ますよ。この女のおやじさんというのは、まだ生きているんです。ですから、おやじさんさえ連れてくれれば、この女がどんな女か、本当に、わしの妻であったかどうかということも、ちゃんと話してくれますよ。」

ベンは、それから、急に、くやしそうに、こぶしを握って、ミンナに向かって言った。

「おい、ミンナ。あの子はどこへやった。もう、おれが連れて行ってしまうからな。お前とあの子との縁も、これっきりだよ。」

そのとき、隣の部屋のドアが少し開いて、ドアの間から、男の子が、顔を出してのぞいた。さっきから、高い声で女が暴れているのを、何事が起こったのかと、驚いて、のぞいたのだった。上品ではないが、ちょっときれいな顔付きをしていて、父親のベンにそっくりであった。あごには、三角の傷あともちゃんとある。思わず、ベンは駆け寄って、震える手でその子の手を握って、ハビシャムさんに言った。

「だんな、この子のことだって、はっきりと言えますよ。出るところへ出てもね。」

そして、その子に向かって、

「なあ、トム。わしは、お前のお父さんだよ。お前を連れに来たんだ。さあ、行こう。

お前の帽子はどこにあるんだい。」

　すると、子どもは、椅子の上に置いてあった帽子を指さした。ここから出て行けると聞いて、子どもは、とてもうれしそうであった。生まれてから、妙な目にばかり遭わされていたので、いま、知らない男の人から、自分が父だと言われても、別に驚きもしなかった。なにしろ、つい、二、三か月前までは、別の男の人のところにいた。そこへ、ひょっこりと、このミンナがやって来て、自分が母親だと言って、連れ出して、ここへ連れて来たのであったが、この子はミンナが大嫌いであった。早く、どこかへ逃げたいと思っていたところへ、ベンが来たので、ちょうどよかったと思ったぐらいであった。ベンが子どもの帽子を持って、外へ出ると、子どもも、疑いもしないで付いて来た。ベンは、ハビシャムさんに向かって言った。

「だんな。それでは、もし、またご用があったら、いつでも、おっしゃってくださいよ。わしのいる宿は、わかっておりますね。」

　もうミンナなんか、振り向きもしないで、そのまま、子どもを連れて出て行ってしまった。

　ミンナは、いっそう気違いのようにわめき散らした。しかし、いまはもう、どうにもならなかった。しかも、伯爵は、眼鏡をワシのくちばしのような鼻の上へ載せて、落ち着き払って、怖い目で、女をにらんでいるのだ。

ハビシャムさんが、暴れるミンナに言った。

「どうだね、ご婦人。牢屋《ろうや》に入るか、それがいやならおとなしくするんだよ。」

するとミンナは、もう、逃げ出すよりほか、仕方がないと思ったのだろう。ぐっときつい目でハビシャムさんをにらみつけると、足音もあらあらしく、体をひるがえして、次の部屋へ駆け込み、ピシャリとドアを閉めてしまった。

「ハハハ。もう、これで、この女でごたごたすることはありますまい。」

ハビシャムさんは、笑ってそう言ったが、その通りであった。その晩、女は宿屋を出て、ロンドン行きの汽車に乗って、それっきり、二度と姿を見せなかった。

* * *

伯爵は、この立ち会いを済ませて、部屋から出ると、馬車に乗って、トーマスに言った。

「コート・ロッジへやってくれ。」

トーマスは、御者台へのぼると、御者に言った。

「殿様は、コート・ロッジへとおっしゃるんだよ。どうも、こりゃ、とっぴょうしもないことになってきたぜ。」

馬車は、それから、まもなく、コート・ロッジの門の前に止まった。コート・ロッジの客間では、その時、セドリックが、母のエロル夫人と一緒にいた。そこへ、取り次ぎもなしに、伯爵が、堂どうと玄関から入って行った。もう心配ごともなくなったので、伯爵が、この前ここへ来た時とは、すっかり様子が違っていた。顔も、いきいきと明るく輝いて、足取りも軽かった。背丈も、三センチも伸びたのではないかと思えるぐらいで、迎えに出たエロル夫人に明るい声で聞いた。

「フォントルロイは、どこじゃな。」

夫人は、ぽっと、顔を赤くして、伯爵を見つめて言った。

「まあ、フォントルロイですって――。それでは、セデーは、やっぱり、フォントルロイなのでございますか。」

伯爵は、その夫人の手を取って、にっこりとして言った。

「そうとも、この子こそ、間違いのないフォントルロイ小公子なんだ。」

そして、もう一方の手を、セドリックの肩にかけて、いかめしいが、うちとけた声で、

「フォントルロイ。お母様が、いつ、お城へ来られるか聞いておくれ。」

フォントルロイは、飛び上がるほど喜んで、目を輝かせ、両腕で、母の首に抱きついて、言った。

「ママ、ぼくの大好きなママ。ぼくたち、これから一緒に暮らせるんですって。いつも、一緒にいられるんですよ」

伯爵は、エロル夫人の顔をじっと見た。エロル夫人も、伯爵の顔をじっと見つめた。伯爵は、いまはまったく真剣だった。フォントルロイの母エロル夫人とは、いっときも早く、親しくするのが一番よいと、思うようになっていた。

「本当に、わたしが参ってよろしいのでございましょうか。」

エロル夫人が、いつものやさしいほおえみをたたえて、しとやかに言うと、伯爵は、無造作だが、心から喜びのあふれるような声で言った。

「そうとも、初めっから、その方がよかったんだが、つい気が付かなかったんだよ。どうか、やって来てもらいたいものだ。」

第十五章　小公子、八つの誕生日

ベンは、子どもを連れて、カリフォルニア州の牧場へ帰って行った。しかし、ベンは、今度の事件のために、かえって、幸せが向いてきたのであった。ベンが発《た》つ前に、ハビシャムさんは、ベンと会って、伯爵《はくしゃく》が、フォントルロイ小公子になりかかったベンの子のトムに、何かしてやりたいと思っていらっしゃることを話したのだ。そして、それには、牧場を買って、ベンに監督させ、給料も、じゅうぶんに取らせ、トムの一生のためになるようにするのが、一番いいと決まったのであった。

ベンはアメリカへ帰ると、いずれは自分のものになるようにしてある、その牧場へ行った。そして、何年かの後に、子どものトムは、その牧場で、立派な青年になり、父親のベンに、たいそうやさしくした。二人とも、本当に幸福で、それまでは、ベンは、大変な苦労をしたが、トムが、その苦労を、忘れさせてくれたと言って喜んでいた。

しかし、ディックと、もう一人のホップスさんは、しばらく、アメリカへ帰らないことにした。ホップスさんは、この事件が、どうなるものか、心配で、なりゆきを見ようと、ディックたちと、一緒にやって来ていたのであった。そして、ディックの方は、伯爵が、最初からしっかりした教育を受けさせてやろうと決めていたし、ホップスさんの方は、店は、確かな留守番をつけて来たので、フォントルロイ小公子の八回めの誕生日のお祝いを見るまでは、帰らないつもりだった。その日には、お城では、領地内の人びとをみんな招いて、お庭でごちそうを出し、ダンスをしたり、余興をしたりして、夜はかがり火をたいて、仕掛け花火などを、にぎやかに打ち上げることになっていた。セドリックは、それを聞いて、伯爵にこう言った。

「それなら、おじい様。七月四日（アメリカ独立記念日）のお祝いみたいですね。ぼくの誕生日が七月四日だったらよかったのに。そうしたら、お祝いが、一緒にやれるんですもの。」

ところで、ホップスさんと、伯爵との間は、初めのうちは、それほど親しくはいかなかった。やはり、伯爵が、食料品店の主人というような人間のことがよくわからなかったためでもあるが、ホップスさんの方も、伯爵という位の人に会うのは、初めてであったからである。話していても、すぐ途切れがちになってしまった。

またセドリックが、意気込んで見せてくれるものも、あまり、立派なものばかりで、ホップスさんは、気遅れがしてしまった。第一、入り口の門や、石のライオンや、並木道などが、ホップスさんをすっかり驚かせてしまった。お城や、花園や、温室や、テラスや、孔雀《くじゃく》や、城の中の牢屋《ろうや》、城の広間、大きな階段、よろい、馬、それから、みんな同じ服を着たたくさんの召使。――それらを、目の前にしただけで、もうぼうっとなってしまった。しかし、ホップスさんが、一番面くらったのは、なんといっても、先祖代々の肖像画を掛けてある広間だった。

「これは、博物館のようなものかね。」

と、セドリックに聞くと、セドリックは、変な顔をして言った。

「博物館とは違うんだと思うけれど、代々の先祖様の絵姿だって、おじい様が言っていましたよ。」

「な、なんだって――、先祖代々様ってそりゃいったいなんのこった。」

ホップスさんは、何かと聞き違えたらしく、目を白黒して言った。そして、椅子にどっかりと腰を下ろして、座り込むと、不思議そうに、その肖像画を見ていたのだった。

一生懸命に、知っているだけのことを説明した。けれども、セドリックも、詳しいことはわからないし、うまく説明できなかった。そこで、メロン夫人を呼んで来て、先祖代々の話をしてもらい、一つ一つ、これは、先祖の誰の肖像画で、この人は、どんなことをした人か、いろいろと詳しく、おもしろい話をしてもらった。

ホップスさんは、それらを聞くと、おもしろくなって、それからすっかり、この広間が、好きになってしまった。それでそれからは、ホップスさんは、泊まっているドリンコート・アームズ宿屋のある村から、毎日のようにやって来て、広間を歩き、画像の立派な女の人や、男の人たちを、じっと眺めて、こう言った。

「それでは、これらの人が、みんな伯爵か、伯爵に近いような、偉い人なんだね。いずれ、フォントルロイも、こういう仲間になって、何もかもが、フォントルロイのものになるんだな。」

ホップスさんは、いまでは、伯爵とか伯爵の暮らしぶりが、それほど嫌いではなくなっていた。

「貴族って、そんなに悪いもんじゃないな。わしも、いっぺん伯爵になってみたいもんだな。」

なんという変わりようであろうか。すっかり考えが変わってしまったようであった。

いよいよフォントルロイ小公子の八回めの誕生日になった。なんというすばらしさだろう。セドリックはうれしくて仕方がなかった。広いお城の庭には、きれいに着飾った人たちがたくさん集まって来て、お城の屋根やテントの上にも、旗が、ヒラヒラとひるがえっていた。大変にぎやかであった。来ることのできる人は、みんなやって来た。誰も彼もが、小公子フォントルロイ様が、やはり元のままのフォントルロイで、領地全部の主人になるというので、喜ばないものは、一人もいなかった。また、セドリックは、伯爵を愛しているし、伯爵も、セドリックを愛しているのだ。そして伯爵は、フォントルロイと同じように、エロル夫人にも親切にするようになっていた。そうと知って、誰もがいまは伯爵に、強い親しみができてきた。これで、伯爵も、いい老人になっていくだろうし、夫人もセドリックも前より、いっそう幸福になり、楽しく暮らせるに違いないと、誰もが、そう話し合っているのだった。

芝生の上や、テントの中や、木の下には、なんと、たくさんの人たちが喜び合っていることだろう。晴れ着を着た百姓のおかみさんや、娘や青年たち、また、子どもたちは、駆けっこをして飛び回っていた。おばあさんたちは、赤い上着を着て、あっちこっちにかたまって、話をしていた。

お城の中には、伯爵にお祝いを言ったり、エロル夫人に会ったりするために、次つぎと、りっぱな男の人や女の人たちが集まっていた。ロリデール夫妻もいたし、トーマス・アッシェイン卿《きょう》やそのお嬢さんたちもいた。もちろん、ハビシャムさんもいたし、それから、ミス・ビビアン・ハーバートが、きれいな白い服を着て、レースのパラソルをさし、男の人たちに取り囲まれていた。けれども、この婦人は、やはり誰よりもセドリックが一番好きなので、セドリックが見つけて、駆け寄り、首に抱きつくと、まるで、大好きな弟にでもするように、フォントルロイにキスをして言った。

「まあ、フォントルロイ様、おかわいいこと。――今度は、本当にけっこうでしたね。わたし、とてもとてもうれしくって。」

それから、一緒に庭を歩き回って、フォントルロイから、いろいろのものを見せてもらった。フォントルロイは、ホップスさんと、ディックのいるところへ連れて行って、ミス・ハーバートに言った。

「この人たちは、ぼくの、昔むかしからの友だちなんですよ。こっちがホップスさんで、こっちがディック。ぼくがね、あなたのことを、びっくりするほど、きれいな人だって言うとね、それじゃ、誕生日には会えるだろうって、待っていたんですよ。」

ミス・ハーバートは、これを聞くと、さすがにうれしそうに、二人に握手をして、しとやかに、アメリカのことや、旅行のことや、イギリスへ来てからのことなどを、いろいろと聞いた。フォントルロイは、その間、そばに立っていたが、ホップスさんや、ディックも、うれしそうに、ほおを赤くして話していた。

ディックはあとで、真面目《まじめ》くさった顔をして、セドリックにこう言った。

「なるほど、きれいな人だったね。わしが見たうちじゃ、一番すてきだったよ。」

誰も彼もが、こんなありさまで、ミス・ハーバートが通ると、このあとを見送っていたし、一緒のフォントルロイを、まじまじと見守った。太陽は明るく輝いて、旗はひるがえっている。歌ったり、踊ったり、セドリックは、このにぎやかな騒ぎの中で、いまにも、胸が張りさけるほどうれしかった。セドリックには、世界中のものが、なんでもかでも、美しく思われてならなかった。

だが、そのほかに、もう一人、大変幸福な人がいた。その人は、一生の間、大変な大金持ちで、貴族ではあるし、なんでもできないことはないほどだったのに、ちっとも楽しくなかった。それが、きょうは楽しくて、仕方がないのだった。ほかでもない。ドリンコート老伯爵である。きっと、心が、いい方に変わってきたのでいっぺんに、そうなったのではないだろうか。やさしい、かわいい孫の心に引かれて、親切なことをするうちに、だんだんと変わってきたのである。それに、日が経《た》つにつれて、エロル夫人を、好きになってきていた。鈴の鳴るようなきれいな声を聞き、美しい顔を見るのが、大好きになっていた。肘掛《ひじか》け椅子にすわって、フォントルロイと話しているエロル夫人を見守り、その声を聞いていると、心が休まるのだった。ニューヨークの裏町に住んで、食料品店や、靴みがきと仲良しだったという子が、どうして、こんなに賢くて、上品で、勇ましくきれいなのか、そのわけも、伯爵には、よくわかってきた。この子なら、伯爵の跡継ぎになって、お城に住んでも、決して誰にも、恥ずかしい思いをさせるようなことはないと、伯爵は強く思った。しかし、こんな立派な子になったのも、みんなエロル夫人のしつけがよかったからであった。いつもやさしい心でフォントルロイのそばにいて、親切なことばかりを考え、ほかの人たちにやさしくしなければならないと教えていたからである。フォントルロイは、素直で、人を愛することを知っていた。だからまた、いつでも人に愛された。

　ドリンコートの伯爵は、きょうはむやみに心が躍り、うれしくてならない。

　お客さんたちの間を、歩き回っていた。すると、顔見知りの人たちが、ことばを掛けたり、挨拶《あいさつ》をする。それらの人に、伯爵はめずらしく、すぐに、挨拶を返した。ディックや、ホップスさんをもてなしたり、エロル夫人や、ミス・ハーバートのそばへ立って、二人のしている話を、うれしそうに聞いたりした。伯爵は、もうこの上もないほど、満足だった。それに、もう一つうれしかったのは、フォントルロイと二人で、領地内のおもだった人たちの招かれて来ている、テントの中へ入ったときであった。ちょうど中ではみんなが乾杯をしようとしていた。いままでになかったほど、伯爵のためにも喜んでくれていた。二人を迎えて、みんなは真心をこめて、

「小公子様ばんざあい。」

と、祝ってくれた。これを見ては、小公子の人気がどうかなどと思っていた人があったにしても、そんな心配は、もう、しなくてもよいことが、わかったに違いない。喜びの声、コップの触れ合う音、しばらく、拍手が鳴りやまなかった。

その上、フォントルロイをますます好きになってきた人たちが、フォントルロイを見ようと、このテントの中へ入って来た。誰もいまは、偉い男の人や、立派な女の人たちに、遠慮するのも忘れてしまったようである。そのとき、やさしそうな女の人が、二、三人、フォントルロイの方を眺めて、目に涙をたたえて、口ぐちに言っていた。

「おかわいらしい小公子様に、どうか、神様のお恵みがありますように。」

フォントルロイは、エロル夫人と伯爵との間にはさまっていた。すっかりうれしくなって、顔中ににこにこしながら、立って、おじぎをした。もう、あまりうれしくって、髪の根元まで、真っ赤にほてっていた。

「大好きなママ、みんな、ぼくが好きだから、祈ってくれるんですね。そうでしょう。ぼくは、本当にうれしいな。」

すると夫人に代わって、そばにいた伯爵が、静かにフォントルロイの肩に手を置いて言った。

「ああ、そうだよ。フォントルロイ。だから、さあ、みなさんの親切にお礼を言いなさい。」

フォントルロイは、伯爵の顔と母の顔を、ちらっと見て、恥ずかしそうに尋ねた。

「本当にしなければいけませんか。」

すると、エロル夫人も、そばのミス・ハーバートもにっこりしてうなずいた。フォントルロイは決心をして、ひと足前に出た。すると、いっせいにみんながフォントルロイのほうを見た。きりっとして、素直で、あどけなくて、なんてかわいい小公子の姿だろう。こんなすばらしい小公子は、どこを探したって世界中に、二人はいないと、誰もが思った。フォントルロイはできるだけ高い声で、子どもらしく、鈴の響くように、はっきりと挨拶をした。

「みなさん、本当にありがとう。ぼく、きょうの誕生日は、本当に楽しくてよかったと思います。みなさんもおもしろかったら、よかったなと思っています。それからね、ぼく、伯爵になるのがとてもうれしいんです。初めは、好きでなかったけれど、いまは、大変好きなんです。それから、このお城も大好きです。きれいだと思います。それからね――ぼく、伯爵になったら、おじい様みたいに、ほんとに、よい人になるつもりです。」

拍手喝采《かっさい》が鳴りやまなかった。その中を、フォントルロイは、ほッと、ひと息ついて、あとへ下がった。そして、おじい様のドリンコート伯爵の手の中へ自分の手を入れて、ほおえみながら、もたれかかった。

＊　＊　＊

これで、この話もおしまいになるのだが、その前に、ちょっと不思議なことを、一つお知らせしておかねばならない。それは、ホップスさんが、すっかり、貴族の暮らしが気に入ってしまって、若い友だちのフォントルロイと別れるのがいやになったことである。それで、ニューヨークの店を売って、アール・ポロの村に住みつき、小さな店を開いた。一番のお得意は、お城だから、たちまち大繁盛《はんじょう》した。伯爵とは、そんなに仲良しにはならなかったけれど、おかしいことに、ホップスさんのほうが、伯爵よりも貴族らしくなってしまった。毎朝、宮廷新聞という貴族の新聞を読んで、貴族院の出来事などに、気を付けていた。十年ほど経って、教育を終わったディックが、アメリカの兄のベンのところへ行くことになった。それでホップスさんに、アメリカへ帰りたくならないかと尋ねたところ、ホップスさんは、大真面目に頭を振って、答えたのだ。

「どうして、どうして。あっちで落ち着くなんてことは、わしはごめんだよ。わしは、あの子のそばにいてな、後見役をしておるつもりじゃよ。なるほど、アメリカは、若くてこれから働ける人間には、いい国に違いないが、悪いところもあるよ。第一、ご先祖代々というのがないし、伯爵というのもないからな。」

この物語を読む前に

「小公子」は、世界中、どこの国でも訳され、読まれている、名作中の名作と言われる有名な物語です。

アメリカのバーネットというやさしいおば様が、いまから、八十年ほど前に、雑誌に続き読み物として書いたものです。できあがると、自分の二人の子どもに読んで聞かせては、子どもたちが喜ぶように、書き直し、書き直しして、できあがったのが「小公子」なのです。

この物語は、アメリカ中で大評判になり、主人公セドリックの着ている黒いビロードの白いレースの襟のついた洋服や、ことばづかいは、アメリカ中の大流行となったほどでした。〝小公子〟ということばは、若殿様、つまり、殿様の子、貴族の子という意味なのです。

セドリックの無邪気な振る舞い、エロル夫人の気高くやさしい思いやり、ドリンコート伯爵《はくしゃく》のがんこさ——「小公子」に出てくるほかのたくさんの人たちも、きっとみなさんの心を深く打ち、また楽しい笑いを誘ってくれることでしょう。

ニューヨークの、貧しい裏町に住んでいた頃の、セドリックのほおえましい生活、セドリックの大の仲良しの食料品店のホップスおじさん、靴みがきのディック少年、女中のメアリー——やさしいいつくしみの中にすくすくと育っていったセドリックが、いよいよ伯爵の跡継ぎとして、イギリスへ渡って行ってからの生活。何ものも恐れない、無邪気なセドリックの振る舞いは、がんこ一徹な老伯爵のかたくなな心をだんだんときほごしていくのです。一緒に馬に乗ったり、野球ゲームをしたり、——伯爵の御付きの人びとは、ただもうびっくりするばかりです。でも、この楽しい生活も、長くは続きませんでした。大変なことが起こってしまったのです。

え、何が起こったかって言うのですか。まあ、急がないで、ゆっくり読んでください。きっとみなさんも、セドリックと大の仲良しになることでしょう。

　この物語は、ただおもしろいというだけではありません。美しく、あたたかい人間の心が、あのよいかおりのするばらの花のように、この物語全体を包んでいるのです。

　やさしい、親切な心が、どんなにこの世の中で大切で尊《たっと》いものであるか、よくおわかりになることと思います。

わたくしは、あなたがたのおじいさんが子どもであった頃から、日本の少年少女たちの多くが、必ず一度は手にして、清く心を育てる本とされて来た、この物語が、あなたがたの成長にも楽しく役立つことを、心から願っています。

川端康成

この文章は昭和三十五年五月小学館より刊行された川端康成訳『少年少女世界名作文学全集　第九巻　小公子』の巻頭におかれていたものである。

解説

鴻巣友季子

外国文学にも広く通じた作家・中村真一郎はこんなふうに言っていた。

「私はいつも大病をやると、回復期にこの児童文学を読み返すことにしている」

虚弱期の心の滋養とするほど『小公子』を大切にしていたのだろう。知の巨人がベッドに静かに横たわって、『小公子』のページを繰り、この愛らしい物語を堪能しているさまを想像するとほほえましい。

あるいは、小川洋子は学校の図書館で借りて夢中になったというし、小野不由美も子どものころの愛読書だと言っている。わたしの周りの翻訳家の間でも、『小公子』の愛読率は高い。

作者フランシス・イライザ・ホジスン（バーネットの結婚前の姓名）はイギリスに生まれ、十代のころアメリカのテネシー州に移住し、アルゲイニー台地の美しい山々を望むノックスヴィルの町でお話を書きはじめた。一八八六年に出版されたLittle

Lord Fauntleroy（本作原題）は、アメリカで爆発的な人気を得たのち、イギリスでもヒットし、さらに世界中の数々の言語に翻訳されて、いまに伝えられている。

まさに不朽の名作と言えるだろう。

児童文学としては、バーネットの第一作にあたる。一八八六年というと、少年少女文学史のうえではどんな時代だったろう？　アメリカでルイーザ・メイ・オルコットによる『若草物語』が刊行されたのが一八六八年、イギリスで『不思議の国のアリス』が出たのが一八六五年、カナダで『赤毛のアン』が出たのが一九〇八年だ。

Little Lord Fauntleroy は、日本では驚くことに、原作刊行のわずか四年後の明治二十三年（一八九〇年）夏には、新進気鋭の女性翻訳家・若松賤子《わかまつしずこ》が邦訳を手がけ、「女学雑誌」という文学大好き女子のための雑誌に連載が開始されている。『小公子』という邦題で連載が始まったとたん、本作は異例の反響と人気を呼び、たちまちのうちに同誌の目玉コンテンツとなった。

序盤に、幼いセドリックを描写するこんなシーンがある。若松訳もすばらしいのだが、ここでは本書から引こう。

また、セドリックは、赤ん坊のうちから、柔らかい細い金色の髪の毛をふさふさとさせていた。半年も経《た》つと、くるくるとかわいらしく縮れた巻き毛になった。目は大きく茶色っぽく、まつ毛は長く、大変愛嬌《あいきょう》がある。体がしっかりして、足が丈夫だった。八か月も経つと、もう歩き出した。その上、セドリックは、人なつっこいたちだった。乳母車に乗って、町を行く時でも、誰かにあやされると、茶色の目でじっと眺めて、かわいらしく笑いかけ、すぐになじみになってしまうのだった。

〈中略〉

金色の巻き毛に、大きな白い帽子をあみだにかぶって、小さなおもちゃ車を引っぱって、女中と散歩に出かける年頃になると、誰もが、立ち止まって眺めた。

ある日、女中が帰って来て、セドリックの母にうれしそうにこう知らせた。

「奥様。きょうね、馬車に乗った立派な奥様が、わざわざ、馬車を止めさせてね、ぼっちゃまに、お話しかけなさったのですよ。そうしたらね、ぼっちゃまが、まるで、ずっと前からのお友だちかなんかのように、お話なさるでしょう。その方は、大変うれしがっておいでになりましたわ。」

若い女性読者たちは、金髪の巻き毛をふわふわさせ、ビロードの服に白い襟かざりをつけた美しい少年にハートを射抜かれ、目をうるませた。

若松訳では、雑誌連載が完結するのが明治二十五年の一月になるのだが、大尾を待たずして、明治二十四年十一月には、前編が単行本化されて出版されることになった。

さて、本作の初訳者である若松賤子は、日本の女性翻訳家の草分けにして、キリスト教文学の紹介者でもあった。バーネットの『小公女』（「セイラ、クルーの話」を改題）を日本に初めて紹介したのも彼女だ。連続ドラマの主人公として有名になった、『赤毛のアン』の訳者・村岡花子より三十歳ほど年上の、文芸翻訳畑での先輩である。『小公子』という絶妙な邦題をつけたのも若松だった。こんなエピソードがある。

原題の“Little Lord Fauntleroy”（小フォントレロイ公）に邦題をつける段になって、若松は初め、「小公達《きんだち》」とつけた。ところが、いまひとつピンとこない。そこで、夫に相談すると、夫は「小公子」がいいんじゃないかと提案。「これだ！」というので、さっそく採用したという。

（巌谷大四《いわやだいし》「物語女流文壇史」第二回『女学雑誌』の周辺）

賤子さんがこのとき相談した夫というのは、「女学雑誌」の発行人であり、明治女学校の教頭でもあった教育家の巌本善治《いわもとよしはる》だ。翻訳家・若松賤子を世に出したプロデューサーでもある。ともあれ、本作が本邦初紹介の一八九〇年から、たゆまぬ知名度をもち、愛されつづける古典名作となり得たのも、この邦題の力が大きいと言われている。

◆

バーネットについては、本書の共訳者でもある野上彰《のがみあきら》の解説が物語性に富み、情緒ゆたかなので参考にしてご紹介したい（以下、「解説（バーネット夫人のこと）」世界少年少女文学全集9アメリカ編3『小公子』創元社を参照）。

一八四九年、「フランセス・エリザ・ホジソ《ママ》ン」が生まれたころ、彼女の父は「ばりばりの商人で、イギリスのマンチェスターでも、はばをきかせて」いた。家具の卸問屋として裕福に暮らしていたが、エリザが四歳のころに亡《な》くなり、母があとを継いでどうにか商売をつづけていたが、南北戦争の末期、マンチェスターに「ふいに、おそろしい不景気のあらし」が襲いかかり、一家はあっというまに財産を失った。

アメリカ、テネシー州のノックスヴィルで「一山あてて」いた母の兄ウィリアムを頼って、母と子ども五人は渡米するのだが、着いたころには、この兄もすってんてんになっていた。エリザは毎日、森へ行ってはせっせと野ぶどうを摘み、柳で編んだかごは「ぶどうの紫いろに、うるうるともりあがって」いった。摘んだ野ぶどうを売ってお金にするのではなかった。エリザはじつは渡米する前から、小説を書いてお金をもうけようと考えており、いよいよそれを実行に移そうとしていたのだ。摘んだぶどうを売って、小説を書く紙をどっさり買った。

そうして十三のときから書きためたお話をもとにして、ひとつの物語を書きあげ、ある雑誌社に送る。「わたしはお金がほしいのです」としたためた短い手紙を添えて。

『若草物語』のオルコットや、作中に出てくる次女ジョーのストーリーを読んでいるようだ。当時のアメリカでは（ほかの欧米諸国の多くでも）、若い女性の仕事、とくに知的職業というのは、学校教師や家庭教師のほかは限られていた。

◆

翻訳についても述べておきたい。本書は共訳書である。秘密でもなんでもないので書くと、訳文づくりの大半は文学者で編集者だった野上彰が担当した。ほかにも、野上は川端康成と組んで「アンドルー・ラング世界童話全集」や、エドワード・ウィリアム・レイン編『アラビアンナイト』などの邦訳を多数上梓《じょうし》している。ちなみに、川端は『小公子』と『小公女』、そしてラングの作品の翻訳印税はすべて野上彰へ、という言葉を遺している。

今回の新潮文庫版の底本となった小学館版は、ふたりの共訳を児童文学作家の二反《にたん》長半《おさなかば》がさらに易しく書き改めたもののようだ。セドリックの話し口調が、たいへん愛らしく、また品格がある。つつましい家庭に育ちながら、ドリンコート伯爵《はくしゃく》家三男の父の気品と、心優しい母の精神を受け継いでいると思わせる。英語の原文はじつはそんなに畏《かしこ》まっていないけれど、邦訳のセドリックのほうがみやびで好ましいと感じる読者も多いだろう。

川端康成の名義が訳者として入った『小公子』は、いろいろな出版社から出ている。ざっと挙げると、創元社（昭和二十八年／一九五三年）、河出書房（昭和三十年／一九五五年、昭和四十一年／一九六六年・谷川俊太郎解説）、筑摩書房（昭和三十一年／一九五六年）小学館（昭和三十五年／一九六〇年。本文庫底本）、東京創元社（昭和三十六年／一九六一年）、偕成社（昭和三十六年／一九六一年。わたしが小学生のころ、学校の図書館で借りて読んだのはおそらくこの版）、ポプラ社（昭和四十二年／一九六七年）など。すべて野上彰との共訳、またはそれを土台にした訳文と思われる。

『小公子』もラインアップに入れた筑摩書房の叢書「世界の名作」に対して、児童文学作家の坪田《つぼた》譲治《じょうじ》はこのような推薦文を寄せている。

「明治以来外国児童文学の名作が紹介される場合、ダイジェストが多かった。〈中略〉然《しか》しもう原作の時代である。この叢書《そうしょ》はその原作か、原作に近い点に於《おい》て一番なのではないかと思い大いに推せんする次第です」

現在の読者からしたら、原作のまま翻訳し、紹介するのが当たり前じゃないか！と思われるかもしれないが、明治開国以来、日本では外国の物語の舞台をロンドンから東京に移したり、犬の名前をパトラッシュから「斑《ブチ》」に変えたり、ときには大胆に結末まで変更したりする「翻案」ものが無数に出版されていた。それが、昭和も第二次大戦後になると、子ども向けでも原作に近いかたちで、という姿勢に変わってきた。

最後に、川端康成の翻訳への貢献について。著名作家による翻訳というと、「どこまで作家の手によるものか」という点の見極めは難しく、翻訳学のなかでもあまり踏みこんで論じられてこなかった。しかし日本語の成り立ちや、その日本語による近代文学の歩みを考えれば、「作家翻訳」はもっと研究されて然るべきテーマに違いない。

この分野の数少ない研究書の一冊『文豪の翻訳力』の著書・井上健は、たとえば、下訳を使った場合も、作家が選書のみした場合すらも、ときには広義の原文との対話ととらえている。本書は、日本の作家たちは翻訳を通してなにを得、それが日本文学のどこにどう還元されたか、また、その時代の文学を読んできた後世代の書き手らにどんな影響をおよぼし、彼らがそれをどう創作に生かしたかという、巨大にして複雑な多言語間の文学の循環系を読みほどいている。

文豪翻訳の一例でいうと、谷崎潤一郎訳のトマス・ハーディ「グリーブ家のバアバラの話」（昭和二年）。同作は一説に、谷崎の『春琴抄』をインスパイアしたと言われている。井上氏はハーディの訳文を原文と対照分析し、谷崎の「多様な語りの声や話法への関心」を浮き彫りにする。伝聞や引用を基本に据えた『春琴抄』（昭和八年）との共通性は見逃しがたい。谷崎がハーディのこの作品を選び、このように翻訳を調えた（下訳を使ったとしても）ことから、この当時すでに『春琴抄』への道筋が視界に入っていたのだろうと、井上氏は推測する。

作家の単独訳でなくても、訳文の方向性や選書そのものは軽視すべきではないだろう。『小公子』は明治期から訳され人気を博してきた作品であり、川端・野上訳が出た昭和の中ごろには、すでに古典名作となっていた。川端自身が編集委員を務めた

「少年少女世界名作文学全集」のラインアップに、この物語を選んだこと、さらには、全二十八巻のうちとくにこの作品を自分の〝翻訳担当〟に選んだことに、どんな理由があったのか、想像をめぐらすのもなかなか楽しいものだ。

（二〇二〇年四月、翻訳家）

川端康成訳の『小公子』は、野上彰との共訳でまず『世界少年少女文学全集9　アメリカ篇3』（昭和二十八年六月、創元社刊）に収められた。以後、川端・野上訳、あるいは川端訳としてさまざまな版が出版されたが、本書は昭和三十五年五月に小学館から刊行された川端康成訳『少年少女世界名作文学全集第九巻　小公子』を底本とした。

なお、明らかな誤字・脱字と思われる箇所は文意を損なわない範囲で修正した。また、読みやすさを考慮し、ひらがな表記を適宜漢字に改めた箇所もある。

【読者の皆様へ】

本作品には、今日の人権意識に照らし、不適切な語句や表現が散見され、それらは、現代において明らかに使用すべき語句・表現ではありません。

しかし、訳者が差別意識より使用したとは考え難い点、故人の著作者人格権を尊重すべきであるという点を踏まえ、また個々の作品の歴史的文学的価値に鑑み、新潮文庫編集部としては、原文のまま刊行することといたしました。

決して差別の助長、温存を意図するものではないことをご理解の上、お読みいただければ幸いです。

（新潮文庫編集部）

Title：LITTLE LORD FAUNTLEROY
Author：Frances Hodgson Burnett

小《しょう》公《こう》子《し》

新潮文庫　ハ－10－2

Published 2020 in Japan
by Shinchosha Company

令和二年七月一日発行

訳者　川《かわ》端《ばた》康《やす》成《なり》
発行者　佐藤隆信
発行所　株式会社　新潮社

郵便番号　一六二―八七一一
東京都新宿区矢来町七一
電話　編集部(〇三)三二六六―五四四〇
　　　読者係(〇三)三二六六―五一一一
https://www.shinchosha.co.jp

価格はカバーに表示してあります。

乱丁・落丁本は、ご面倒ですが小社読者係宛ご送付ください。送料小社負担にてお取替えいたします。

印刷・株式会社三秀舎　製本・株式会社植木製本所

ISBN978-4-10-221405-3 C0197